MICHELANGELO FAZIO

EINSTEIN
AVEVA RAGIONE

MNAMON

Sommario

Premessa

I racconti inseriti in questo libro sono tratti da "Futlab ed altri racconti" uscito in ebook nel 2012.

La riedizione avviene in occasione della scomparsa dell'Autore e della volontà di riordino delle sue opere, da lui manifestata negli ultimi tempi.

Il Fungo

Da che mondo è mondo gli ingegneri e i fisici, quando progettano una macchina cominciano sempre con un piccolissimo prototipo da laboratorio, per tentare in seguito la realizzazione di un modello su grande scala; è successo così per il primo alternatore di Faraday, per la dinamo, per il verricello, ed è stato così che lo schiaccianoci è diventato un tritasassi.

C'è tuttavia un'eccezione a questa regola: nel caso dei reattori nucleari a fissione, la reazione a catena non avviene se le dimensioni del blocco di uranio, o di torio o di plutonio nel quale si innesca la reazione non superano un certo valore minimo chiamato massa critica. Parrebbe quindi impossibile costruire un minireattore nucleare con un frammento di materiale fissile.

Ma Albert Brain non ne era convinto; sosteneva che per evitare le catastrofiche conseguenze dello scoppio di un grande reattore (vedi Chernobyl) si doveva tentare di far funzionare in serie tanti piccoli reattori, i quali alimentati con pochi grammi di uranio o di altro combustibile fissile, non creano gli stessi problemi e sono singolarmente controllabili con la massima sicurezza. E chi poteva dargli torto, in linea di principio?

Albert, laureatosi in fisica nucleare alla Utopia University, nella quale aveva poi fatto carriera come ricercatore prima e come professore poi, diffidava dai moderni testi di tecnologia nucleare: "Sono tutti intruppati secondo la teoria della massa critica e sono tutti copiati dal primo testo di Glasstone, la pietra miliare della reattoristica nucleare", soleva ripetere ai colleghi che lo deridevano. "Nessuno ha mai realizzato un minireattore nucleare perché nessuno è mai stato capace di trovare una regola, che pure la natura ha dettato, che stabilisca la minima quantità di combustibile fissile necessaria."

E dedicò mesi e mesi nel vano tentativo di costruire il suo minireattore nel costoso laboratorio allestito nella soffitta di casa sua, a Stonehead, nello stato di Woodenhead. Era quasi sull'orlo di una profonda crisi depressiva, quando fu ispirato da una geniale idea: si era ricordato che qualche scienziato di fama aveva intravisto in alcuni testi sacri dell'antichità, quali la Bibbia, la descrizione di fenomeni che ricordavano molto da vicino le esplosioni nucleari, aveva letto che la scomparsa di Atlantide e dell'isola di Santorini venivano attribuite da qualcuno a esplosioni nucleari, aveva letto quasi tutte le opere di Kolosimo e di Berlitz, che documentavano la possibile esistenza di forme di energia nucleare già decine di migliaia di anni fa; inoltre aveva appena letto sulla prestigiosa rivista americana Scientific American che nel Gabon erano state trovate tracce di un reattore nucleare naturale in una località chiamata Oklo.

Ma ciò che lo aveva colpito maggiormente era stato l'aver letto che gli antichi cinesi la sapevano lunga in fatto di fisica nucleare. Albert decise perciò di utilizzare i suoi residui risparmi per effettuare un viaggio in Cina durante il suo anno sabbatico di congedo dalla Utopia University. Si era documentato sull'esistenza di opere scientifiche tramandate attraverso i secoli e tradotte nel cinese moderno e talvolta anche riccamente illustrate da esperti (c'è motivo di credere che sia stato possibile attraverso la paziente opera di conservazione dei monaci buddisti).

Scelse come base operativa per le sue ricerche la Biblioteca Nazionale di Pechino e qui trascorse i primi mesi sfogliando volumi e volumi di pergamena ingiallita, ma senza trovare nulla che facesse al caso suo, anche per le enormi difficoltà di comprensione della lingua cinese, per cui doveva affidarsi quasi unicamente ai disegni illustrativi.

Quando ormai stava perdendo ogni speranza di scoprire la misteriosa formula del minireattore, gli capitò sott'occhio un vecchio polveroso e sdrucito volumetto scritto a mano in bella calligrafia, ma, ahimè, in ideogrammi; in alcune delle figure riconobbe fenomeni e macchine ben note, come la leva, l'arcobaleno, la pila, perfino una specie di dinamo.

Albert afferrò il volumetto e si presentò al bibliotecario, ma ebbe la sgradita sorpresa di sentirsi dire che quel volume era talmente prezioso da non poter essere portato fuori dalla biblioteca, né fotocopiato né fotografato; l'unica soluzione era quello di copiare a mano le parti che lo interessavano, ma prima di tutto avrebbe dovuto sapere di che cosa parlava il volume e trovare qualcuno che fosse capace di copiare o di tradurre gli ideogrammi.

Si affrettò verso casa e la sera stessa si affannò a cercare un traduttore che conoscesse bene non solo l'inglese, ma che avesse almeno una minima infarinatura di nozioni scientifiche sia pure elementari: le sue ricerche furono coronate da successo e la mattina seguente gli si presentò un omino di mezza età, vestito in modo dimesso, ma dignitoso; portava il codino tipico simbolo di casta elevata e la sua aria era assorta e distratta come quella di un uomo di scienza.

"E' il mio uomo!", pensò Albert soddisfatto e, dopo pochi e scarni convenevoli, disse chiaramente all'uomo, il cui nome era Kjang-Tsai, che cosa voleva sapere: non avrebbe preteso la traduzione di tutte le 200 pagine, ma si sarebbe accontentato del titolo e della ricerca di argomenti che avessero a che fare con i termini energia, macchine, potenza e simili, essendo sicuro che termini tecnici più specifici e moderni quali nucleo, nocciolo, reattore, neutroni e simili non potevano certo comparire in un volume così vetusto.

Recatisi insieme alla biblioteca, il cinese si mise rapidamente all'opera e già dopo qualche minuto

Albert poté ricevere le prime informazioni: il titolo del volume era Trattato di chimica, fisica e scienze della natura, scritto nel 1912 da un anonimo che precisava nella prefazione di aver ricavato buona parte delle notizie riportate da un grosso trattato consultato qualche anno prima nell'Abbazia di Muon e che era stato scritto in epoca imprecisata da alcuni allievi della famosa scuola irakena di Inb al Haitham, più noto come Alhazen,famoso studioso di ottica dell'XI secolo.

Gli occhi di Albert luccicavano per l'emozione: si trattava ora di cercare nel prezioso volumetto tra i tanti argomenti quelli che potevano riguardare ciò che lo interessava. Kjang-Tsai sfogliò con attenzione le varie pagine del testo soffermandosi ogni tanto e proseguendo dopo aver scosso la testa; quando ormai le residue speranze di Albert cominciavano a vacillare, Kjang-Tsai alzò lo sguardo verso Albert spiegandogli di aver forse trovato quello che Albert cercava e mettendosi alacremente al lavoro. Dopo circa due ore di traduzione, correzioni, ritocchi vari e copiatura in bella e ordinata calligrafia, Albert ebbe tra le mani un manoscritto che descriveva un misterioso e affascinante marchingegno con le seguenti parole:

"...capace di provocare la liberazione di impressionanti quantità di energia attraverso un semplice trattamento di un minerale abbastanza facilmente reperibile tra le montagne del Nepal; basta sottoporre un piccolissimo frammento di quel minerale a un forte riscaldamento sotto alta pressione per ricavare una sorgente di energia mai vista prima, la cui potenza è la stessa che permise ad Atlante di sorreggere il mondo sulle proprie spalle, come afferma la mitologia occidentale, o agli uccelli di fuoco di volare verso l'infinito azzurro dello spazio..."

Albert era sconvolto: molte scene della mitologia cinese narrate in chiave moderna vedevano negli uccelli di fuoco i moderni missili a testata nucleare; inoltre, perché si parlava proprio di Atlante, dal quale era stato derivato il nome del misterioso continente che molti sono propensi a pensare scomparso per effetto di un'esplosione nucleare?

Albert ne era ormai certo : il minerale in questione non era altro che un minerale di uranio e in effetti forse mai nessuno, dopo la scoperta della fissione nucleare, aveva pensato di provocare una reazione a catena in miniatura sottoponendo un frammento di uranio a intenso riscaldamento sotto pressione, più o meno lo stesso trattamento nella sinterizzazione dei diamanti.

Già Albert sognava di aver costruito il suo minireattore, la sua minibomba atomica, già vedeva formarsi il fatidico funghetto atomico all'interno di una campana di vetro! Ma prima avrebbe dovuto procurarsi il minerale: ne parlò con Kjang-Tsai e venne a sapere che, senza doversi spingere fino in Nepal, nei pressi di Pechino, nella brughiera circostante le rive dello Tzeya-ho, i ragazzini andavano a caccia di frammenti di un materiale dall'aspetto di un minerale, ma dalla consistenza legnosa, che poi rivendevano in città guadagnandosi discreti gruzzoletti; poteva forse essere lo stesso minerale di cui parlava il trattato? Albert decise immediatamente di recarsi il giorno dopo sulle rive dello Tzeya-ho accompagnato dall'ormai inseparabile Kjang-Tsai, che cominciava a mostrare un profondo interesse per le ricerche di Albert e che gli avrebbe fatto eventualmente da interprete presso i ragazzini.

L'indomani mattina i due si misero in cammino di buon'ora, si procurarono in un vicino mercatino zappette e attrezzi vari per l'estrazione del minerale e si fecero condurre sul luogo in rik-cho: Kjang-Tsai si diresse immediatamente verso la radura alle spalle delle sponde del fiume e raccolse alcuni frammenti del minerale cercato e li porse ad Albert, dicendo: "Siamo stati fortunati, perché ieri pomeriggio è piovuto e i ragazzini hanno disertato! Molto spesso questi sassolini vengono portati qui dalle acque del fiume e forse è successo questa notte, perché è raro trovarli con facilità."

Albert, il quale non avrebbe mai sperato in tanta fortuna, si sentì in dovere di esternare la propria gratitudine a Kjang-Tsai:" Se non fosse stato per lei, a quest'ora sarei già tornato a Stonehead con le pive nel sacco. Se me lo consente, intendo premiarla in due modi: raddoppiandole il compenso pattuito per la traduzione e affiancando il suo nome al mio nell'articolo che scriverò per la più prestigiosa rivista scientifica degli U.S.A., Scientific Fibs."

Albert era impaziente di provare le virtù del materiale e invitò a casa sua Kjang-Tsai per l'effettuazione immediata dell'esperimento descritto nel trattato, che avrebbe finalmente dimostrato al mondo intero l'attendibilità della sua teoria. Albert sapeva dell'esistenza delle pentole a pressione inventate dal francese Papin, capaci di far bollire l'acqua a temperature fino a 150°C sotto pressioni di decine di atmosfere; e prima di recarsi a casa, sempre seguito come un cagnolino dal fedele Kjang-Tsai, si recò in un grande magazzino di Pechino per acquistarne una. Mentre attendeva il suo turno in coda alla cassa, spiegò al cinese: "Se mi vedessero i miei studenti farei una figuraccia: pensi che ho sempre vivamente sconsigliato l'impiego delle pentole a pressione, convinto che le alte temperature di ebollizione dell'acqua dissociano vitamine e proteine. E ora sono qui a comprarne una!"

Rientrati a casa, Albert si mise immediatamente al lavoro: ripulì il più grosso dei frammenti con un detergente antisettico che aveva acquistato al supermercato, lo appoggiò delicatamente sul fondo della pentola, riempì di acqua tutte le intercapedini della pentola di cui si parlava nelle istruzioni (scritte, per sua fortuna, anche in inglese) e mise la pentola sul fuoco.

Secondo le indicazioni del trattato si doveva attendere un'ora e Albert decise nel frattempo di preparare i vari rivelatori di radiazioni che si era portato per ogni eventualità da casa e che avrebbero permesso di conteggiare l'enorme flusso energetico che sarebbe di lì a poco fuoruscito dalla pentola. Quindi si sedette sulla poltrona, accendendo l'ennesima sigaretta, in paziente attesa degli eventi. Ogni tanto si alzava a curiosare dalla finestrella della pentola, ma apparentemente non era successo nulla: del resto il termometro inserito nel coperchio indicava ancora una temperatura piuttosto bassa, circa 70 gradi Celsius, ben lontani dai 150 gradi che la pentola può raggiungere.

Il tempo trascorreva inesorabilmente e Albert cominciava a dare segni di crescente impazienza: nel posacenere aveva contato otto mozziconi in poco più di mezz'ora: si alzò ancora per andare a rivedere il manoscritto tradotto da Kjang-Tsai; nel rileggerlo con la massima attenzione, si accorse, con disappunto e rammarico, di aver trascurato un particolare nella preparazione dell'esperimento: il testo parlava del modo di rivelare l'intenso flusso energetico emesso dal minerale, ma la cosa curiosa era che il rivelatore aveva un nome che Kjang-Tsai non era riuscito a tradurre, forse un antico termine cinese, Shar-pee-hi ; il testo diceva esattamente :"… non appena il minerale inizierà a emettere il provvidenziale flusso di energia, onde evitare che tale flusso si disperda nell'ambiente circostante, con il rischio di inquinare l'ambiente stesso, è consigliabile rivelarne le prime tracce avvicinando al recipiente uno Shar-pee-hi, il quale, essendo dotato di altissima sensibilità a tale tipo di emissioni, emetterà a sua volta un intenso suono che indicherà agli sperimentatori quando sarà il momento di raccogliere opportunamente il flusso energetico stesso." Non riuscendo a capire di quale rivelatore potesse trattarsi, non restava che attendere; nel suo cervello cominciavano a farsi strada inquietanti dubbi: e se il trattato fosse stato lo scherzo di qualche burlone? Erano intanto passati circa tre quarti d'ora e Albert si alzò nuovamente guardando attraverso la finestrella della pentola: notò una diffusa nebbiolina che prima non aveva osservato e che poteva essere il segnale tanto atteso dell'innesco della reazione. Poteva forse trattarsi della fase iniziale della formazione di un microfungo atomico, segno dell'avvenuta microesplosione? La tensione di Albert e di Kjang-Tsai era continuamente crescente; giunto quasi allo scader dell'ora, Albert si alzò nuovamente camminando avanti e indietro davanti alla pentola come un leone in gabbia, mentre Kjang-Tsai pareva impassibile: la nebbiolina all'interno della pentola, al di sopra dell'acqua, era sempre più fitta, ma il frammento era sempre là sul fondo, piatto e lucido. Mancavano ancora quattro minuti al fatidico istante previsto dal trattato: Albert non si staccava più dalla pentola, seguendo con ansia tutte le fasi evolutive del processo che doveva avvenire all'interno, ma continuava a vedere solo nebbia, come sarebbe accaduto se al posto del minerale vi fosse stato un bel pezzo di bollito. Improvvisamente Albert vide dalla finestrella dapprima una lieve deformazione del frammento e successivamente la nebbia diventare talmente fitta da impedire la visibilità: subito dopo dalla valvola di sicurezza della pentola a pressione fuoruscì un getto di vapore dal profumo intenso e finalmente Albert poté ammirare il miracoloso evento. Ma non si trattava del fungo atomico, ma di un comune fungo…cinese, una grossa radice bianco-rossastra esplosa come per incanto dal frammento sottoposto a un intenso riscaldamento sotto pressione; e il frammento non era un minerale, ma una scheggia legnosa di una pianta abbondantissima sulle pendici dell'Himalaja, ma della quale da qualche tempo si era tentata con successo la coltivazione da parte di un azienda agricola sulle rive dello Tzeya-ho. I frammenti cercati dai ragazzini erano solo schegge perse dai grossi tronchi durante il trasporto dall'azienda alla strada principale e comunque rivendibili con lauti guadagni perché il fungo cinese era diventato famoso in tutto il mondo per le sue proprietà rigeneranti della forza fisica. Il trattato non aveva mentito: il fungo cinese, una volta fuoruscito dal legno, se di esso veniva fatto un infuso a base di thé o di tisana, poteva liberare enormi quantità di energia (muscolare!) anche solo inalandone i vapori, quella stessa energia delle possenti braccia di Atlante o delle aquile reali che nelle loro

evoluzioni ad altissima quota, al tramonto pareva-
no di fuoco. E il sensibilissimo rivelatore dell'energia liberata altro non era che un cane, lo Sharpei,
dotato di un particolare olfatto per il profumo dei
vapori del fungo e che era addestrato a emettere un
segnale sonoro- abbaiando - non appena avvertiva
l'acuto odore del vapore.

A bordo della Futlab

Il dottor Sanler, amministratore delegato della Betin Co., doveva partire l'indomani mattina dall'aeroporto di Buffalo per una importante gara di appalto nella quale doveva trattare a Seattle la vendita del nuovo modello di scavatrice che avrebbe consentito alle ditte acquirenti un notevole risparmio di mano d'opera e bassi costi di gestione della nuova macchina. Aveva pertanto raccomandato alla segretaria Sheila di preparare la necessaria documentazione da mostrare ai possibili acquirenti; mentre Sheila era intenta con solerzia alla compilazione della scheda tecnica, squillò il telefono: "Vorrei parlare con il dottor Sanler: si tratta di una cosa riservata e urgente."

"Il dottore è momentaneamente occupato e ne avrà per molto; se crede può riferire a me che sono la sua segretaria. Ma può dirmi con chi parlo?"

"Purtroppo esistono gravi motivi di riservatezza che non mi consentono di rivelarle il mio nome, ma dovrebbe assolutamente lasciare al dottor Sanler il seguente messaggio. Non deve assolutamente prendere l'aereo per Buffalo delle 10,15 di domani: è una questione di vita o di morte" e senza dar tempo a Sheila di parlare riattaccò. La ragazza, allibita e incredula, prese rapidamente qualche appunto, anche se la telefonata era stata registrata, ma non sapeva se continuare a preparare i documenti o cercare di rintracciare al più presto il suo principale. Dopo qualche tentativo sul cellulare, riuscì a mettersi in contatto con lui, riferendo il contenuto del messaggio. Ma Sanler non parve preoccupato: "Grazie della premura, Sheila, ma non è il caso di preoccuparsi. Lo immaginavo che i nostri concorrenti le avrebbero tentate tutte per impedirmi di essere presente alla gara di appalto di Seattle: non è la prima volta che tentano di spaventarmi con telefonate anonime nelle quali si fa ricorso al terrorismo psicologico, ma ormai non ci casco più."

"Ma, dottore, non è il caso di avvertire la polizia?"
"Faccia pure, se crede, tanto non abbiamo nulla da nascondere. Ci vediamo più tardi in ufficio."

Sheila chiamò immediatamente il centralino di polizia e dopo pochi minuti arrivò il tenente Martin con due agenti; Sheila riferì il contenuto della telefonata e fece ascoltare la registrazione a Martin, il quale commentò; "Secondo me si tratta di un mitomane, comunque la voce che parlava mi è parsa molto preoccupata; vediamo se è possibile risalire al numero che ha chiamato, anche se è quasi certo che chi ha chiamato avrà preso le sue precauzioni." E subito dopo richiese alla Compagnia dei Telefoni il tabulato. La risposta giunse dopo pochi minuti: si trattava di una cabina pubblica di Princeton. Martin attese pazientemente Sanler per più di due ore e dopo aver chiesto chiarimenti sul motivo della trasferta, senza entrare nel merito della decisione che aveva intenzione di prendere Sanler, si accomiatò con i due agenti non senza aver fatto i debiti scongiuri.

L'indomani mattina alle 11,30 il notiziario di una radio locale comunicò che un aereo della Mark Lines con 98 persone a bordo era precipitato dopo una violenta esplosione a bordo sulle colline di Lake City; non c'erano superstiti; tra i passeggeri c'era un importante plenipotenziario di un paese arabo che si recava a Seattle per una missione politica.

La signora McKenzie stava accuratamente ripulendo le rose del suo giardino nella bella villa di Oklahoma City, quando la domestica si affacciò per avvertirla di una telefonata diretta al marito, economo di una florida società della città. Chi parlava all'altro capo del filo con voce alterata dall'agitazione esclamò: "Signora McKenzie, domattina 29 febbraio suo marito deve fare un sostanzioso deposito di assegni e contanti alla Darwin Bank; gli dica di non andare assolutamente in banca perché verrà compiuta una rapina con spargimento di sangue." E anche in questo caso l'anonimo interlocutore riattaccò senza dar modo alla donna di proferire parola. La donna riferì al marito il quale chiamò il Dipartimento di Polizia: l'ispettore Quinn si recò con sollecitudine a casa McKenzie, ascoltò il resoconto della signora e la registrazione della telefonata e chiese alla Compagnia dei Telefoni il tabulato della telefonata: anche in questo caso la chiamata proveniva da una cabina pubblica di Princeton, probabilmente la stessa del caso Sanler, certamente dallo stesso distretto telefonico.

Quinn, che aveva seguito il caso Sanler, parlando con i colleghi, parve perplesso: "Si tratta indubbiamente della stessa persona, ma non credo si possa ancora parlare di un mitomane; nel caso dell'aereo esploso non avremmo potuto intervenire in alcun modo, ma ora ha comunicato il luogo esatto della rapina e siamo perfettamente in grado di prevenirla." Attese il rientro del signor McKenzie il quale spaventato, decise di rinviare l'operazione in banca.

L'ispettore Quinn aveva reclutato tra i suoi uomini i migliori franco tiratori, attorno all'edificio della banca erano state parcheggiate numerose auto civetta e le varie vie di accesso erano rigorosamente controllate da numerosi agenti nascosti sui tetti e sui balconi. Ma la giornata passò senza che si fosse verificato alcun inconveniente: evidentemente si era questa volta trattato di un mitomane, Ma purtroppo non fu così: la rapina avvenne l'indomani sorprendendo le forze dell'ordine e il bilancio fu pesante; il vice-direttore della banca, il signor McKenzie che stava effettuando il versamento nelle sue mani e un fattorino della banca che si era generosamente opposto ai rapinatori furono barbaramente trucidati e tutte le ricerche sia degli autori del colpo che del bottino furono vane.

Alla segreteria del palazzo arcivescovile di Caracas una voce anonima chiese al telefono di parlare urgentemente con il segretario personale del cardinal O'Grady, aggiungendo che si trattava di una questione molto delicata; la ragazza al centralino rispose che sia il vescovo sia il suo segretario mons. Delcroix erano fuori sede per partecipare a una importante riunione preliminare al convegno ecclesiastico che doveva tenersi due giorni dopo a Los Angeles e che non avrebbe saputo a chi passare la telefonata, suggerendo di riprovare nel tardo pomeriggio. Puntualmente, la stessa voce richiamò verso le 18, ma invano: i due non erano ancora rientrati e alle 19 avrebbero chiuso. Sentendo che l'interlocutore appariva in grande stato di agitazione, si permise di suggerire l'invio di un fax al numero riservato del segretario che lo avrebbe trovato al rientro. Alle 21 al loro rientro i due prelati trovarono il seguente messaggio fax: "A Sua Eminenza Cardinal O'Grady. Da precise informazioni giuntemi da fonte attendibile, ho saputo che l'auto sulla quale Ella viaggerà nel tragitto dall'aeroporto di Los Angeles all'albergo che dovrà ospitarLa per il convegno di dopodomani sarà oggetto di un attentato. E' quindi opportuno che Ella eviti di utilizzare l'auto che Le verrà messa a disposizione dalle autorità locali, ricorrendo a un taxi ed evitando il percorso autostradale. Un amico."

Il messaggio impressionò notevolmente il cardinale che si affrettò a telefonare a Los Angeles a un fidato amico prelato della locale Curia per avvertirlo di non inviare l'auto di servizio perché avrebbe raggiunto l'albergo con altri mezzi a un orario imprecisato; ovviamente si guardò bene dal comunicare i motivi di tale decisione. Tuttavia ritenne opportuno avvertire del fax un suo carissimo amico d'infanzia con il quale aveva studiato al liceo di Carlisle prima di entrare in seminario e percorrere la luminosa carriera ecclesiastica, l'ispettore Stanton, del dipartimento di polizia di Glasgow, che da qualche mese si trovava a Caracas per delle indagini sul traffico di droga.

Stanton era un omone grande e grosso dall'aria paciosa e benevola, ma era quello che nella sua attività professionale si poteva definire un duro, al punto che i suoi colleghi lo avevano soprannominato "Pitbull", perché non mollava mai la presa fino a quando non era riuscito a spuntarla. Appena sentito l'amico O'Grady, si precipitò da lui e volle vedere subito il fax. La cosa lo interessava, perché era ormai giunto a cinque anni dalla pensione ed era stanco della frenetica e rischiosa attività connessa alle sue indagini che culminava quasi sempre in inseguimenti, sparatorie, omicidi. Invecchiando si sentiva più portato per indagini di carattere scientifico del tipo di quelle del suo caro amico Maigret, del quale era grande estimatore e dal quale non dimenticava di passare quando trascorreva le vacanze in Normandia, a Caen, per assaggiare un bicchierino del calvados di cui Maigret era un vero intenditore.

Lesse attentamente il testo del fax che risultava spedito da una copisteria di Princeton; estrasse dal taschino la immancabile fedele lente di ingrandimento e spostatosi sotto una lampada della scrivania di O'Grady, esaminò una per una le parole, poi, con aria soddisfatta si rivolse all'amico:" Il mittente ha tentato di mantenere l'anonimato spedendo il fax da un esercizio pubblico per non farsi identificare, ma non credo ci sia riuscito perché la stampante utilizzata per redigere il messaggio presenta un difetto: se osservi bene con lente le lettere g puoi notare che il ricciolo inferiore della consonante non è completo; questa è una caratteristica comune di quasi tutte le prime vecchie stampanti IBM, invisibile a occhio nudo, ma chiaramente evidenziabile con una lente. E la IBM ha classificato in archivio tutte le stampanti con l'indirizzo degli acquirenti e la fortuna vuole che proprio a Princeton vi sia una delle più importanti fabbriche di macchine per ufficio IBM. Dovrebbe essere facile risalire all'ufficio in cui è installata, a meno che non sia stata rivenduta a un altro utente e non più inventariata. Domattina ti farò sapere. Piuttosto, non avrai intenzione di ignorare il messaggio? Dal tono usato mi pare che il mittente non sia il solito mitomane, ma piuttosto una persona attendibile; è per questo che intendo approfondire la questione, altrimenti ti avrei suggerito di cestinarlo." Rassicurato dalla decisione di O'Grady di seguire i consigli dell'anonimo mittente, si accomiatò.

L'indomani mattina telefonò a Princeton al distretto di polizia per avere informazioni sull'archivio della IBM e poco prima di mezzogiorno ebbe la risposta; la stampante in questione era stata venduta quindici anni prima agli uffici di una compagnia di Princeton specializzata in ricerche aerospaziali, compagnia ancora in piena attività di cui venne fornito a Stanton l'indirizzo. Stanton si affrettò a comunicare i primi risultati a O'Grady, dichiarando la sua intenzione di recarsi l'indomani presso gli uffici della compagnia a Princeton. "Mentre tu sarai a Los Angeles io sarò a Princeton e ti terrò informato degli ulteriori sviluppi con un messaggio sul tuo cellulare; non dimenticarlo. Fai buon viaggio e non pensarci più."

L'indomani di buon'ora Stanton si mise in moto per raggiungere la sede della Astron Ltd., la compagnia presso la quale avrebbe dovuto trovarsi la stampante. Durante il viaggio in metropolitana venne assalito dal dubbio che la stampante non fosse più là: tutto il castello sarebbe crollato e la speranza di rintracciare il mittente del fax sarebbe svanita nel nulla e con ciò avrebbe rinunciato per sempre alla nuova carriera di investigatore scientifico. Ma non ebbe tempo di pensare ad altro perché era arrivato alla fermata di Green Park e doveva scendere; attraversò nel parco un lungo viale al termine del quale su un imponente edificio moderno tutto vetri e specchi campeggiava la scritta Astron Ltd, una società all'avanguardia nel settore delle ricerche astronautiche.

Entrò con decisione rivolgendosi al portiere e chiedendo del direttore della Compagnia ed esibendo subito il tesserino che lo qualificava come ispettore capo della polizia di Carlisle: il portiere non fece alcuna domanda e telefonò immediatamente a un ufficio; pochi secondi dopo chiamò un inserviente: "Accompagna subito l'ispettore al III piano dalla signora Appleton;" Quindi rivolgendosi a Stanton:" Il presidente signor Wiley la riceverà immediatamente. Prego, si accomodi." Mentre saliva in ascensore Stanton pensò: "Guarda che potere ha un tesserino di riconoscimento! Chissà quanta gente è costretta a ore di attesa, mentre con questo cartoncino vengo ricevuto immediatamente!" Giunto al III piano venne accompagnato dalla segretaria, una prorompente bionda in minigonna da schianto, la quale con voce affettata lo apostrofò gentilmente: "Il presidente desidera conoscere il motivo della sua visita così improvvisa; solitamente si deve fissare un appuntamento." Stanton non rispose, limitandosi a mostrare il tesserino e aggiungendo: "Top secret." La ragazza lo accompagnò in un lungo corridoio fino all'ufficio del presidente, bussò e lo fece entrare, annunciando:" L'ispettore Stanton."

Un uomo elegante dall'aria giovanile si alzò dalla scrivania e andò incontro a Stanton presentandosi con una stretta di mano: "Molto lieto, Wiley. A cosa devo l'onore di questa imprevista visita?" Stanton, presentandosi a sua volta, spiegò brevemente quanto era successo, ma Wiley lo interruppe:

"Qualche minuto fa la radio ha annunciato che a poche miglia da Los Angeles un corteo di auto che accompagnava alti prelati a un convegno ecclesiastico che doveva iniziare oggi è stato oggetto di un attentato con numerose vittime. Sono desolato della tragedia, ma al tempo stesso felice di potermi mettere a sua completa disposizione." Stanton entrò subito nel merito: voleva sapere se la stampante IBM acquistata dalla Astron circa quindici anni addietro era ancora in possesso della Compagnia e in quale ufficio era ubicata. Wiley sollevò il telefono e parlò con qualcuno chiedendo di controllare se la stampante in questione fosse ancora in funzione e in quale ufficio si trovasse. Mentre Wiley e Stanton stavano commentando l'attentato, giunse la risposta: sì, la stampante si trovava ancora alla Astron, al II piano, nell'ufficio del signor Harry Nicholson e lo stesso Wiley si premurò di accompagnare personalmente Stanton all'ufficio. Quando Wiley presentò a Harry l'ispettore Stanton, la risposta di Harry fu sorprendente: "Sa, ispettore, che l'aspettavo: una vecchia volpe come Lei non demorde mai e, anche appigliandosi al minimo indizio, riesce sempre a raggiungere il suo obiettivo…", "Che in questo caso era Lei!" lo interruppe Stanton, aggiungendo" Ma è stato fin troppo facile, al punto che ho la netta impressione che abbia voluto farsi prendere!" Ma Harry lo gelò ancora:" Ispettore, mi dispiace deluderLa perché Lei non ha preso proprio nessuno, almeno nel significato che voi della polizia attribuite a tale termine; io non ho commesso nessun reato, come sarò ben lieto di farle vedere se avrà la bontà di seguirmi nel laboratorio a casa mia. Invece ha ragione quando afferma che forse ho volutamente seminato qualche indizio che Le ha consentito di rintracciarmi con una certa facilità: ho voluto verificare di persona la Sua eccezionale sagacia. Complimenti!" Poi si rivolse a Wiley: "Presidente, se permette, chiedo mezza giornata di ferie, perché devo mostrare all'ispettore qualcosa di interessante." Stanton che fino a quel momento non aveva aperto bocca incuriosito dalla ostentata sicurezza di Harry, osservò: "Lei, caro Harry, ha evidentemente una opinione del tutto personale, ovviamente errata, del reato: seminare panico secondo Lei è una cosa normale, essere informato di fatti delittuosi e non informare la polizia, altrettanto. E poi chi mi dice che non sia stato Lei a commettere i delitti divertendosi sadicamente alle nostre spalle? Può aver sistemato una bomba a bordo dell'aereo e aver avvertito Sanler; può aver organizzato la rapina in banca, costretto a rinviarla per qualche imprevisto e, convinto che si pensasse a un falso allarme, attuarla il giorno dopo; e chi mi dice che quello di Los Angeles sia stato davvero un incidente? Io adesso La seguo a casa Sua, ma solo per curiosità. Dovrà spiegarmi molte cose e non credo che ci riuscirà!"

Accomiatandosi da Wiley e ringraziandolo per la cortese accoglienza Stanton si rivolse poi a Harry: "Sono pronto, possiamo andare;" Salirono sull'auto di Harry e in breve raggiunsero la villetta a Green Park, dove Harry gli fece strada accompagnandolo nel laboratorio allestito in cantina nel centro del quale troneggiava una consolle da computer davanti alla quale stazionavano due sgabelli. "Ecco la mia diabolica creatura, ispettore. Ci ho lavorato alacremente per due anni in tutti i ritagli di tempo libero. Oggi le macchine del tempo come questa sono un articolo comunissimo, come lo erano negli anni '90 le lavastoviglie,i forni a microonde, i frigoriferi; i fantasiosi prototipi di Wells e di Asimov erano ormai superati e se ne poteva trovare traccia solo in qualche museo della scienza e della tecnica. Ma la mia macchina del tempo ha qualcosa di particolare, come potrà constatare se si fida a fare con me un breve giro di collaudo; e continuò elencando le prestazioni della sua creazione"

Stanton cominciava a incuriosirsi; si accese la pipa, le cui volute di fumo sembravano riflettere lo stato d'animo eccitato del suo proprietario, quindi disse:" Accetto con piacere di fare con Lei questo misterioso viaggio nel futuro ma posso fidarmi? Ho sempre avuto grossi dubbi sulla sicurezza di questi marchingegni, ma il fatto che mi accompagni Lei nel viaggio mi tranquillizza un po'. Posso prima farLe una domanda? Lei poco fa ha affermato che la Sua macchina ci può trasferire in qualsivoglia luogo, in qualunque ora, giorno,mese e anno del futuro; ma possiamo solo assistere come spettatori impotenti a ciò che accade in quel momento come assistessimo a una proiezione cinematografica, oppure ci consente di partecipare attivamente alla realtà del momento? Mi spiego meglio: se siamo trasferiti in un luogo nel quale assistiamo a qualcosa di interessante, possiamo solo osservare l'evento o prendervi parte materialmente, magari asportando un oggetto che riguarda direttamente l'evento? In tal caso potrebbero realizzarsi situazioni paradossali che contraddicono le più elementari leggi della fisica, quelle stesse leggi che Le hanno permesso di realizzare questa macchina......"

Harry non lo lasciò continuare:" Se ci mettiamo in moto avrà una risposta sorprendente alla Sua comprensibile curiosità." Si mise al posto di guida, uno sgabello, invitando Stanton a sedersi sull'altro e azionò i comandi della Futlab (laboratorio nel futuro), come Harry aveva battezzato la sua diabolica macchina. Sul quadrante digitale della consolle comparve la sigla LabHar, che indicava il luogo di partenza (il laboratorio di Harry) i numeri 12 12 03 17 12 che stavano per ore 17 e 12 del 12 dicembre 2003, la data e l'ora esatte in cui i due avventurosi futurnauti stavano per iniziare il loro fantastico viaggio.

La macchina iniziò una paurosa serie di oscillazioni trasversali, quindi con un rombo assordante decollò in una coltre nebbiosa; dopo pochi secondi i due si ritrovarono in viaggio.

Pilotare la Futlab non era una cosa da poco, tutt'altro: la macchina era stata progettata in modo da subire un'accelerazione spaventosa e del resto non poteva essere altrimenti se è vero che in pochi secondi poteva percorrere intervalli di giorni, di anni, di secoli. Harry non si era ancora fidato a portare la sua macchina troppo lontana nel tempo, dal momento che,nonostante i recenti studi sul comportamento degli equipaggi umani durante l'ultimo viaggio della missione Icaro su Nettuno, non si era ancora a conoscenza degli effetti biologici sull'organismo di accelerazioni fino a 100 volte superiori quali quelle imposte dalla sua Futlab.

Harry si era limitato ad andare a vedere di venerdì la partita di football Chelsea-Tottenham del sabato successivo e si era tolto il gusto di "indovinare" con gli amici -lui del tutto digiuno di football -il risultato dell'incontro, il rigore contro il Chelsea parato dal portiere Brownett all'89° di gioco, l'espulsione del mediano Hare del Tottenham che in quella occasione aveva protestato troppo vivacemente con l'arbitro chiedendo la ripetizione del penalty perché secondo lui Brownett si era mosso in anticipo,la tentata invasione di campo…

Stanton si informò sul traguardo del loro viaggio, "Sarà una sorpresa per Lei, perché intendo dimostrarLe che è vero ciò che Le ho detto sulle immense potenzialità della Futlab: il programma Logtime che ho elaborato non solo permette di viaggiare nel futuro, ma anche di anticipare gli eventi futuri; se un inverno è troppo lungo puo far anticipare la primavera, quando è finito lo stipendio puo far arrivare prima la fine del mese, quando dobbiamo fare un viaggio in auto possiamo sapere se avremo un incidente; addirittura possiamo conoscere il nostro destino ed evitarlo se non ci piace! Certo, a pensarci bene, c'è da non dormire tranquilli, perché se qualcuno lo venisse a sapere - e prima o poi sarà inevitabile che lo si sappia in giro- sarei con la mia famiglia nel mirino di qualche banda di malfattori o di qualche grande industria..."

Poi Harry aggiunse: "Le dirò che in un primo tempo, quando ho visto che il programma funzionava mi era venuta un'idea quasi criminale per far soldi: andavo a vedermi in anteprima tutte le partite inserite nella schedina del totocalcio, andavo a leggermi le quote e quando la vincita era alta, andavo a giocare al botteghino per ripresentarmi tranquillamente a riscuotere la vincita il lunedì; oppure avrei potuto andare a vedere quali azioni sarebbero crollate in borsa per andare ad acquistarne subito dando fondo a tutti i miei risparmi. Ma non sono riuscito a mettere a punto tale programma per quanti tentativi abbia fatto: chi sale a bordo della Futlab può vedere tutto ciò che accadrà ma, una volta rientrato dal viaggio, non è assolutamente in grado di utilizzare alcuna delle informazioni ricevute, sia pure a fin di bene. E forse è meglio così!"

Stanton, che aveva fino a quel punto ascoltato attentamente, intervenne: "Senta, Harry, mi ha promesso una sorpresa, ma fino a quando dobbiamo aspettare?" "Ha ragione! Ora Le spiego: si tratta di pilotare la Futlab in un luogo dove succederà qualcosa. Siamo diretti sulle Montagne Rocciose, dove nella buona stagione si affollano gli scalatori e gli incidenti sono piuttosto frequenti; c'è la probabilità di dover tenere accesa la macchina per troppo tempo, e rischiare di esaurire la batteria, ma se la fortuna ci assiste…"

E mostrò a Stanton una pianta alpinistica della zona; si era documentato sui tratti più duri da scalare e su quale versante della montagna erano più frequenti distacchi di roccia e azionò la Futlab fermandola su una vasta cengia dalla quale era possibile osservare in azione diverse cordate; la fortuna, se vogliamo chiamarla così, li assistette: da un campanile erto e di roccia friabilissima, la cui cima stava per essere raggiunta da uno scalatore solitario, si staccò all'improvviso un grosso masso, forse per una mossa maldestra dello scalatore; il masso precipitò su una cengia sottostante sulla quale si trovavano altri due scalatori in attesa di avere via libera: uno dei due fu travolto precipitando nel ghiaione sottostante con un pauroso salto nel vuoto di oltre cento metri; il compito delle squadre di soccorso fu solo quello di riportare al rifugio i poveri resti irriconoscibili dello scalatore maciullati dal masso prima e dal successivo volo sul ghiaione poi.

A questo punto Harry azionò la Futlab fino al vicino rifugio, dove,pur senza fare domande, vennero a sapere nome, cognome e indirizzo dello sfortunato alpinista: Tom Gutrie di Aspin.

Si trattava ora di mettere a punto un piano che permettesse di salvare la vita all'ignaro Tom: se fossero andati a casa sua ad Aspin trasferendosi con la Futlab e raccontando che una prodigiosa macchina aveva permesso loro di vedere nel futuro informandoli che sarebbe morto precipitando tra le rocce, nessuno li avrebbe creduti, lo stesso Tom per primo; è infatti risaputo che quando uno scalatore decide di compiere una scalata nessuno lo può fermare, altrimenti non si farebbero più scalate.

Harry concluse che la sola cosa da fare era di impedire materialmente a Tom di recarsi sul luogo del tragico appuntamento con la morte. La domenica all'alba - dopo aver visionato alla Futlab le fasi della partenza - Harry si appostò con Stanton davanti alla villetta di Tom. Stanton aveva ormai deciso di agire concordando con Harry il piano di intervento: lui avrebbe atteso nascosto nell'auto di Harry, mentre quest'ultimo si sarebbe appostato nelle vicinanze. Come Tom portò fuori dal box la sua jeep con tutta l'attrezzatura per la scalata e si avviò a richiudere il box, fu un gioco da ragazzi per Harry salire a bordo, avviare il motore e sparire a tutto gas sotto lo sguardo disperato di Tom, non prima di avergli urlato: "Ci ringrazierà per averle salvato la vita! Stia tranquillo che le riporteremo il tutto!"

Fatte poche decine di metri a Harry venne un dubbio:

"E se telefona a un amico di venirlo a prendere, forse lo stesso che abbiamo visto sulla cengia? oppure prende la vettura di sua moglie e poi noleggia l'attrezzatura sul luogo? è meglio tornare indietro e portarlo con noi."

Frenò bruscamente e invertì la marcia, mentre Stanton, che aveva seguito la scena nello specchietto retrovisore, si fermò ma, per prudenza, decise di accostare sul ciglio della strada in attesa degli eventi, domandandosi cosa fosse mai venuto in mente a Harry.

Poco dopo vide comparire in fondo al viale la jeep guidata dallo stesso Tom che, giunta all'altezza di Willie, accostò. Stanton, non vedendo scendere nessuno dalla jeep, si avvicinò e, con sua indicibile sorpresa, vide Harry puntare al fianco di Tom, quasi abbarbicato al volante, una immaginaria pistola la cui sagoma si intravvedeva sotto alla sporgenza della giacca a vento di Harry.

"Ci perdoni," si scusò Harry, "ma dovevamo farlo per salvarle la vita. Ora scenda con calma e ci segua sulla Chevrolet del mio amico." Tom, atterrito dalla minaccia dell'arma, li precedette docilmente prendendo posto sul sedile posteriore accanto a Stanton, che partì di scatto. Durante il viaggio, Harry raccontò tutti i particolari tra la immaginabile incredulità di Tom che al termine del racconto si limitò a lamentarsi:

"Povero me, sono capitato in mano a due pazzi visionari! mi avete rovinato la giornata: preparavo questa scalata da più di un mese, ma auguratevi di non incontrare nessuna pattuglia di polizia perché per voi è finita: anche se non mi avete torto un dito, si tratta pur sempre di sequestro a mano armata!" E Harry di rimando: "Tra qualche ora potrà constatare di persona che le abbiamo salvato la vita!" e con una sonora risata, continuò: "E sarebbe questa la mano armata?" estraendo da sotto la giacca a vento la mano destra con l'indice teso a mo' di canna di pistola. Nel frattempo Stanton se la rideva pensando all'improbabile intervento di una pattuglia della stradale.

Qualche ora dopo una radio locale comunicava che "…dal campanile alto del Potty Creek durante una scalata si è staccato un grosso masso che, precipitando a valle, è rimbalzato sulla cengia Underpeak, sulla quale si trovava un solo alpinista rimasto miracolosamente incolume. Intervistato dai giornalisti l'alpinista ha dichiarato che sulla cengia avrebbero dovuto essere in due, ma il suo amico non si era presentato all'appuntamento."

E Tom, sudando freddo, riuscì a malapena a sussurrare, prima di svenire: "E' la cengia sulla quale avevo previsto di sostare prima dell'ultimo tratto, il più impegnativo!"

Era la controprova tanto attesa da Harry: la sua Futlab permetteva di viaggiare nel futuro e di intervenire per modificare gli eventi futuri!

Chiunque altro al suo posto avrebbe ceduto alla tentazione di brevettare la macchina per poi vendere il brevetto a una grande azienda, ricavandone una fortuna favolosa, ma Harry aveva dei profondi scrupoli morali che lo distolsero da quell'allettante e al tempo stesso aberrante idea: cosa sarebbe successo se una macchina siffatta fosse caduta in mano a una banda di criminali,a un pazzo,a un fanatico,a un sadico? poteva essere la fine dell'umanità!

E' proprio di questo che Stanton si preoccupò: "Lei conta di utilizzarla ancora a lungo questa macchina infernale? Si rende conto dei rischi e delle responsabilità che si assume? Personalmente, per quanto convinto della Sua buona fede, non posso ignorarli e sono tenuto a inoltrare una segnalazione alle autorità del Dipartimento di polizia di Princeton, anche se ne immagino le conseguenze e i rischi per Lei e la Sua famiglia. Non sarebbe meglio smantellarla?"

Harry di rimando: "Le do ragione, ispettore, ma Le faccio una proposta: ha visto che la Futlab può essere avviata solo con una password sul computer della consolle; bene, Le propongo di modificare il programma in modo che siano necessarie due password: una la mia attuale, l'altra la decide Lei inserendola senza che io sappia qual è. Una volta all'anno Lei mi viene a trovare e ci divertiamo a usarla. Potrebbe capitare qualcosa per cui la Futlab possa rivelarsi indispensabile per la sopravvivenza dell'umanità. Però a patto che Lei non riveli l'esistenza della mia macchina."

Stanton dopo qualche comprensibile perplessità, ritenne ragionevole la proposta di Harry e la accettò.

Passarono in questo modo vent'anni fino al 2023, l'anno della Grande Guerra Universale: le due grandi potenze cosmiche erano ormai ai ferri corti e gli arsenali nucleari, nonostante gli impegni conclamati trent'anni prima e mai rispettati, erano stipati di testate, missili, ordigni nucleari di ogni genere a fissione e a fusione, bombe al neutrone e al laser, esplotroni, recenti ordigni dalla dirompente potenza devastante. Tutto il mondo viveva in angoscia: se il Presidente degli Stati Uniti Siderali avesse premuto un pulsante rosso, sulla Unione delle Repubbliche Astrali sarebbe successo il finimondo, e viceversa.

Harry e Stanton, mantenendosi in contatto via e-mail, seguivano preoccupati l'evolversi della situazione attraverso la stampa e l'astrovideon, una moderna versione delle vetuste reti televisive comandata a raggi laser ultracosmici: il giorno temuto per il primo lancio nucleare stava avvicinandosi a grandi passi, ma solo la vecchia cara Futlab, sempre tenuta gelosamente nascosta nella cantina di Harry avrebbe potuto far sapere per quando era fissato.

All'inizio della primavera 2023 Harry propose a Stanton di effettuare un giro esplorativo nelle vicinanze delle capitali dei due grandi stati belligeranti, variando a caso le date fino a quando si fosse avuta notizia della prima traccia del temuto fungo atomico. Vennero esplorati a piccoli intervalli di tempo i tre anni successivi in ricerche durate circa un mese: un giorno, apparso sul monitor della Futlab come il 22 aprile 2023, Harry e Stanton avevano deciso di recarsi a Protonville, la capitale degli Stati Uniti Siderali, centro nevralgico di una delle due grandi potenze in conflitto, il cui annientamento avrebbe sicuramente significato la resa se non la completa distruzione dei S.U.S.; appena la Futlab atterrò sulle sponde del lago Pion nei pressi della città, un'enorme nube a forma di fungo apparve all'orizzonte e i rivelatori di radiazioni nucleari sulla consolle della macchina impazzirono per l'enorme flusso registrato.

Harry e Willie si guardarono impietriti: lU.R.A. (Unione delle Repubbliche Astrali) aveva deciso di attaccare per prima lanciando dal centro spaziale di Astrograd un potente ordigno. Non restava altro che sfruttare le enormi potenzialità di Futlab: recarsi immediatamente ad Astrograd e far sparire dalla circolazione l'ordigno da tre milioni di megatoni indicato dagli strumenti di bordo della Futlab.

Harry azionò freneticamente i motori di propulsione temporale della Futlab, regolandoli sulla data del 21 aprile e attivò il sistema di ricerca di eventuali ordigni nell'arsenale nucleare di Astrograd. In tal modo avrebbero potuto trovare l'ordigno praticamente pronto per il lancio. Pochi minuti dopo la Futlab era arrivata all'interno dell'arsenale e dopo alcune leggere oscillazioni le antenne del nucleodetector individuarono infallibilmente un oggetto di forma ellissoidale, poco più grande di un melone, appoggiato su un supporto sul ripiano di uno scaffale protetto da una spessa vetrata e contraddistinto dal numero 8: si trattava dello spaventoso ordigno i cui catastrofici effetti esplosivi e distruttivi erano stati osservati in anteprima pochi minuti prima dai due amici.

All'intorno molti altri oggetti simili, ma nessuno di essi dava tracce di radioattività, indici di un prossimo innesco, ai sensibilissimi sensori del nucleodetector. Harry e Stanton tirarono un sospiro di sollievo: dato che l'innesco di un ordigno del genere richiedeva per le complesse operazioni di ultra termoaccensione nucleare tempi dell'ordine di quindici giorni, l'asportazione dell'ordigno, la cui esplosione era prevista per le 10 del giorno dopo, avrebbe evitato una strage o forse avrebbe consentito una pausa nella quale qualche ripensamento avrebbe potuto risolvere diversamente il conflitto universale.

Con estrema circospezione, Harry e Stanton caricarono l'ordigno nel vano portabagagli della Futlab e in pochi minuti si ritrovarono nella cantina di Princeton; lo depositarono per terra, ma Stanton non era tranquillo. Si avvicinò all'ordigno ed esclamò, rivolto ad Harry: "Presto, mi dia la borsa degli attrezzi di bordo della Futlab: dobbiamo aprire l'involucro metallico per disattivarlo." Ma Lei è pazzo! Rischiamo di farlo saltare per aria; non dimentichi che è una bomba nucleare!" E Stanton: "Non si tratta di una bomba nucleare, Le dico! Presto, gli attrezzi!" Harry prese con riluttanza la borsa degli attrezzi; Stanton operò freneticamente sull'involucro sotto lo sguardo preoccupato di Harry e poco dopo questi esclamò trionfalmente agitando sotto il naso di Harry una minuscola sveglietta appena estratta dall'involucro: "Altro che bomba nucleare, si tratta di una semplice bomba a orologeria che sarebbe esplosa tra meno di un'ora!"

La macchina del tempo, nonostante i suoi sensori ultrasensibili ai dispositivi più sofisticati, non era in grado di rivelare il tic tac di una sveglietta inserita come timer nel dispositivo a orologeria all'interno dell'ordigno.

Il Pianeta Cieco

Nel nuovo universo, dopo la costituzione della R.C.R. (Repubbliche Cosmiche Riunite) avvenuta nel 3150, il pianeta Alexos occupava un posto di primo piano per il livello di organizzazione sociale estremamente evoluto che aveva consentito la pressoché quasi totale eliminazione delle fonti di inquinamento attraverso una rigidissima normativa che vietava, con pene anche capitali, lo scarico casuale di rifiuti di qualsiasi natura.

L'impegno ecologico era tale che erano state costruite due piattaforme spaziali, una per il deposito dei rifiuti solidi urbani, posta a 10 minuti-luce da Alexos e sulla quale il trasporto avveniva settimanalmente mediante una navicella-pattumiera appositamente attrezzata.

Ma esisteva anche un altro tipo un po' particolare di "rifiuti" che la Costituzione imponeva di espellere da Alexos: i defunti, per i quali era stata approntata la seconda piattaforma; col passar degli anni, però, la seconda piattaforma si era rivelata insufficiente a contenere tutti i defunti, anche perché su Alexos non si usava, come facevano una volta i terrestri, esumare i corpi dopo dieci o vent'anni dalla morte per depositare i poveri resti ossei in appositi loculi di minore ingombro: infatti gli alexiani credevano ciecamente nella reincarnazione e ciò vietava loro assolutamente sia la cremazione sia l'esumazione delle ossa.

Nel frattempo gli alexiani, dopo aver esplorato i cieli, avevano scoperto che a circa un'ora-luce dal pianeta esisteva un piccolo pianetino disabitato e avevano deciso, con l'autorizzazione del governo centrale dell'U.R.C., di adibirlo a pianeta-cimitero, da cui il nome Burypolis che gli era stato assegnato (città cimitero).

Dunque, da quella data in poi, tutti i defunti sarebbero stati trasportati su Burypolis: il trasporto avveniva due volte alla settimana, perché la moria su Alexos era piuttosto alta. Infatti, nonostante le più rigide norme antinquinamento e il divieto assoluto di far uso di alcool e di tabacco, il tenore di vita alimentare degli alexiani era caratterizzato da una sovralimentazione che provocava decessi a catena per malattie cardiocircolatorie, ictus cerebrali e tumori. I corpi dei defunti venivano collocati nelle bare, ma, una volta giunti a destinazione, venivano ordinatamente ammassati in appositi spiazzi dopo averli estratti delicatamente dalle bare e ricomposti, perché, così suggeriva il loro credo, le loro anime potessero al momento opportuno trovare facilmente il modo di reincarnarsi sotto altre spoglie senza dover faticare a trovare una via d'uscita dalla bara.

L'elevato livello sociale di Alexos aveva dato ampi spazi alla ricerca scientifica e i fisici della Excel University avevano progettato, in barba alla teoria della relatività di Einstein, di costruire motori spaziali in grado di superare la velocità della luce; erano stati necessari ingenti finanziamenti, ma, dopo una decina d'anni, il gruppo guidato dall'esimio prof. Nietsnie era riuscito finalmente a costruire il primo prototipo di motore ultrarelativistico. In questa situazione, pur distando Burypolis circa un'ora-luce da Alexos, il che vuol dire una distanza otto volte a quella tra Terra e Sole, la cosa non spaventava i piloti della navicella, e ogni missione, tra andata, scarico e ritorno, non richiedeva più di quattro ore, grosso modo la durata di un tradizionale funerale terrestre.

La distanza di Burypolis da Alexos non consentiva certo frequenti visite dei parenti ai cari estinti, ma una volta l'anno, in occasione della commemorazione dei defunti, venivano organizzati voli charter a tariffa ridotta.

E' vero che gli alexiani disponevano di motori ultrarelativistici, tuttavia, dal momento che a tali velocità i consumi diventavano spaventosamente elevati, era stata varata, per ridurre il tasso di inquinamento cosmico, una legge che vietava il superamento della velocità della luce e tale divieto veniva fatto rispettare con l'impiego di pattuglie spaziali che solcavano i cieli attorno ad Alexos e comminavano multe salatissime, ritiro della patente di volo cosmico e carcere ai trasgressori.

Il 24 maggio 3172 i rappresentanti di governo dei vari pianeti facenti parte della U.R.C. si erano riuniti per esaminare una singolare richiesta, avanzata dai familiari del defunto presidente del pianeta Alexos, Paul Berton: concedere una deroga all'obbligo di espianto delle cornee dal corpo del caro estinto.

Infatti, per statuto siderale, in tutti i paesi membri della U.R.C. esisteva l'obbligo di espiantare le cornee dagli occhi dei cadaveri subito dopo la morte per depositarle in una banca degli occhi, la Eyesbank, con filiali nei vari pianeti, alla quale chiunque avrebbe potuto richiederle per un trapianto.

Era una strana legge che vietava invece l'espianto di qualunque altro organo, quali cuore, reni, fegato, cervello, varata con mire ecologiche, perché attenti esami di laboratorio avevano provato senza ombra di dubbio che tali organi erano altamente deperibili e quindi, come tali, avrebbero potuto produrre inquinamento o gravi problemi di rigetto negli organismi dei trapiantati.

In questa situazione si trovarono a dover decidere della strana richiesta i rappresentanti della U.R.C.; senza entrare nel merito della decisione, possiamo anticipare che il permesso venne accordato dopo lunghe e vivaci discussioni. Finalmente la salma del presidente Berton potè venire imbarcata insieme a quelle di altri tre estinti per Burypolis sulla navicella funebre il cui equipaggio era composto dal primo pilota Charlie Black e dal secondo Frank Leek. Dopo circa tre quarti d'ora di volo, quasi al termine del viaggio, quando già si potevano intravvedere dall'alto le distese ordinate di salme di Burypolis, il secondo pilota udì dei rumori sospetti provenire dalla carlinga della navicella e si rivolse con un tono di rimprovero al primo pilota:

"Ehi, Charlie, vedi di andare un po' più piano: capisco che hai premura di tornare presto per vedere alla TV la diretta dell'incontro Megalaxis-Astrofil, ma ti avverto che stai superando da più di mezz'ora la velocità della luce e questa specie di carretta cosmica rischia di andare in pezzi. Lo sai o no che a queste velocità si sta accorciando? senza parlare del rischio di multa, di carcere e di sospensione della patente! Guarda che non voglio avere guai!"

La risposta di Charlie non si fece attendere: "Non dire sciocchezze, Frank! I rumori che senti non sono dovuti agli scricchiolii della navicella, ma a quel bastardo del primario di oncologia. Da quando è arrivato lui a dirigere la divisione, quando certi malati sono arrivati in fase terminale, non ha scrupolo a firmare il certificato di morte e a scaricare all'obitorio molti pazienti ancora vivi. Quei poveretti, trovandosi chiusi all'interno della bara e sentendosi mancare l'aria, graffiano disperatamente le pareti nella speranza che qualcuno li senta e gli apra!"

"Ma come! e tu, sapendo una cosa del genere, hai il coraggio di prestarti al loro trasporto e di startene zitto?...", reagì inorridito Frank.

"Ho già fatto un esposto alla Direzione Sanitaria, ma mi hanno fatto stare zitto, affermando le stesse panzanate che dici tu: i defunti sono davvero morti e i rumori sono provocati dalla elevata velocità che, facendo accorciare la navicella, produrrebbe degli scricchiolii di assestamento. Anzi, mi hanno minacciato di rivelare alla polizia celeste che io spesso supero i limiti di velocità, con la sicurezza di perdere il posto! dimmi tu che cosa posso fare!",lo interruppe Charlie.

I due piloti continuarono il volo commentando le varie malefatte attribuite al primario e finalmente atterrarono su Burypolis; i rumori nel frattempo erano cessati del tutto, quasi a confermare la spiegazione di Frank. Scaricarono le bare, le vuotarono del loro macabro contenuto ed evitando, per comprensibili motivi, il consueto giro di perlustrazione che avrebbero dovuto compiere per regolamento, si apprestarono a risalire sulla navicella per rientrare su Alexos.

Fu uno degli ultimi viaggi: Charlie fece in tempo a vedere vincere gli Astrofilos alla finale di basket contro il Megalaxis, ma la settimana seguente la navicella che doveva trasportare 15 salme su Burypolis non rientrò alla base e, per quante accurate ricerche fossero state eseguite da Alexos, i due piloti, ritrovati qualche tempo dopo in uno stato di confusione mentale, non vollero mai raccontare cosa fosse accaduto alla navicella e furono licenziati.

Passarono 60 anni: Burypolis era stato abbandonato con il suo carico di morte, perché non c'era più posto per altre salme sulla sua piccola superficie e di esso si era persa ogni memoria.

Nel frattempo su Alexos le cose erano cambiate: non c'era più l'armonia dei primi tempi, i costumi si erano degradati, si erano diffuse la droga e la criminalità comune e si erano andate formando fazioni diverse che, dopo una prima fase di schermaglie verbali, erano passate ben presto alle vie di fatto, originando una vera e propria guerra civile. Il degrado morale era arrivato a livelli tali che si era avviato un vero e proprio commercio di organi da trapianto, che la legge vietava; e perfino la Eyesbank era stata rapinata a mano armata.

Molti alexiani avevano in programma di abbandonare il pianeta per andare a cercare altrove migliori condizioni di vita e in tale decisione erano stati assecondati dai loro nemici politici che, non vedendo l'ora di liberarsene, misero a loro disposizione varie navicelle alla ricerca di un nuovo pianeta da colonizzare.

Proprio durante uno dei tanti voli esplorativi, avvenne un'incredibile scoperta; la navicella stava sorvolando di notte un piccolo pianeta, quando il pilota avvistò delle luci sulla superficie, cosa strana perché nessuno dei pianeti più vicini ad Alexos risultava abitato. Per rendersi conto di cosa potesse trattarsi, il pilota scese lentamente di quota: con grande sorpresa dell'intero equipaggio, le luci diventavano sempre più intense fino a rivelare l'esistenza di una vera e propria città. Bernie, questo era il nome del primo pilota, dopo essersi consultato con gli altri quattro membri dell'equipaggio, decise di richiedere in codice universale alla torre di controllo il permesso di atterrare e, ricevuta l'autorizzazione, portò la navicella sul suolo del misterioso pianeta.

Appena atterrati, si fecero loro incontro tre uomini; quello che sembrava il capo del terzetto, appena letto sulla navicella il nome del pianeta Alexos, li affrontò con aria aggressiva: "Cosa siete venuti a fare sul nostro pianeta? non siete ancora soddisfatti di quello che ci avete combinato?"

Bernie, stupefatto della cattiva accoglienza, gli rispose: "Guardi che forse lei si sbaglia: è la prima volta che veniamo su questo pianeta e siamo sbarcati solo per curiosità: non ne conoscevamo neppure l'esistenza, né tantomeno immaginavamo che fosse abitato. Vuole spiegarsi meglio?"

Il capo, con aria sempre più aggressiva, rispose: "Siete voi che dovrete spiegare qualcosa a noi: ora seguiteci al comando di polizia astrale e ne vedremo delle belle!"

I cinque alexiani li seguirono: vennero caricati bruscamente su un furgone della polizia e accompagnati al comando, dove, dopo qualche minuto di attesa, si presentò loro un ufficiale in uniforme con modi decisamente più garbati dell'altro di poco prima: "Buona sera, sono il tenente Wright. Ora mi spiegherete per quale motivo siete atterrati su Blindy e che cosa volete da noi. Non abbiamo nessuna intenzione di ricevere ospiti, in particolare quelli provenienti da Alexos."

Bernie replicò: "Mi scusi tanto, ma non riesco a capire il motivo di un'accoglienza così sgarbata. Stiamo facendo un giro esplorativo alla ricerca di un nuovo pianeta dove trasferirci, perché per molti di noi la vita su Alexos sta diventando impossibile.", e si dilungò a spiegare al tenente qual era la situazione venutasi a creare su Alexos negli ultimi tempi.

Dopo averlo ascoltato con molto interesse, Wright riprese:

"Il fatto che non vogliate più vivere su quel maledetto pianeta non mi stupisce; probabilmente voi siete diversi da quelle canaglie che ci hanno esiliati anni fa dopo averci accecati e allora è il caso che vi spieghi le nostre terrificanti vicende." E iniziò la incredibile narrazione:

"Un giorno quattro uomini, tre dei quali privati della vista mediante l'asportazione delle cornee, vennero scaricati sul pianeta Burypolis, adibito a cimitero degli alexiani; il quarto era il presidente della vostra repubblica, probabilmente risparmiato dal crudele trattamento per la sua tarda età. Erano stati esiliati con una punizione terribile: immaginatevi che cosa voleva dire vivere in un cimitero, senza viveri, senz'acqua e senza un riparo.

I quattro però non si dettero per vinti: sapevano che la navicella che li aveva trasportati su Burypolis sarebbe tornata dopo qualche giorno per scaricare altre salme e prepararono un agguato: quando i due piloti della navicella atterrarono e si apprestarono a scaricare le bare, li aggredirono e, dopo averli disarmati e presi i loro soldi e documenti, li fecero prigionieri, legandoli e nascondendoli in una grotta lontano dal luogo nel quale venivano ammassati i cadaveri. Quindi, dopo essersi rifocillati con i viveri trovati a bordo della navicella e dopo aver avuto la cortesia di lasciarne una parte ai due piloti, due di loro, tra cui il presidente, ripartirono per Alexos, atterrando in una zona poco frequentata per non farsi scoprire.

Il giorno dopo i due si presentarono alla Eyesbank e, armi alla mano, si fecero accompagnare dal direttore alla cella frigorifera dove venivano conservate le cornee; ne presero sei, rinchiudendole in un thermos, andarono ad acquistare un'abbondante scorta di viveri, quindi si fecero accompagnare in una clinica privata dove operava il celebre chirurgo oculista prof. Robson. Non appena riuscirono a parlare con lui nel suo studio, sempre sotto la minaccia delle armi, lo sequestrarono.

L'idea iniziale era quella di trasportarlo su Burypolis per fargli eseguire l'innesto delle cornee ai tre ciechi, ma poi, anche su suggerimento dello stesso Robson che fece loro notare che gli sarebbe stato impossibile eseguire un intervento così delicato senza la minima attrezzatura ospedaliera, decisero di tornare a prendere i loro due compagni, portandosi dietro, come ostaggio, lo stesso Robson. Una volta ritornati su Alexos, si sottoposero all'intervento e fu lo stesso Robson che, venuto a conoscenza della loro drammatica storia, si era deciso a collaborare, offrendo loro ospitalità in gran segreto.

Dopo qualche giorno, viste le difficoltà di potersi nascondere a lungo, ritornarono su Burypolis, anche perché temevano che un'altra navicella, portando altri esiliati o altre salme, potesse scoprire i due piloti prigionieri. Tornati su Burypolis, li attese un'altra sorpresa: altri sei uomini, totalmente ciechi, li stavano aspettando.

Per essere breve, vi dirò che dopo qualche mese su Burypolis c'erano più di cento persone, tutte vedenti perché il prof. Robson si era offerto gratuitamente di riattaccare loro le cornee. Il problema era ora di cosa fare: non potevano certo vivere su Burypolis in mezzo a tante salme, perciò, dopo aver fatto scalo su Alexos per liberare i due piloti, presero la via del cosmo alla ricerca di un altro pianeta abitabile. Ed è questo il nostro pianeta: Blindy. Piano piano, abbiamo costruito case, scuole e chiese: abbiamo messo al mondo figli e abbiamo creato una nuova società. Anch'io sono nato qui. Capite ora perché non vogliamo più aver a che fare con gli alexiani?"

Bernie, che aveva ascoltato attentamente insieme

ai quattro amici l'incredibile storia, commentò: "E' una storia allucinante, ma non riesco a capire il motivo di quelle deportazioni in massa su Burypolis: c'è qualcosa che non quadra! E poi, possibile che nessuno tra gli alexiani ne sapesse nulla?…", poi, d'un tratto, come morso da una tarantola, scattò: "Tenente, mi scusi, il nostro ex presidente è ancora vivo?"

Wright rispose: "Purtroppo no. Pover'uomo, sapesse come ha sofferto! E' morto dopo tre anni per un tumore allo stomaco e pensare che aveva previsto tutti i particolari della sua fine straziante: si può dire una telecronaca anticipata, anziché differita! Era stato ovviamente riconfermato presidente anche su Blindy per le sue indubbie capacità: pensi che la sera prima della morte aveva convocato il responsabile dell'ufficio di Presidenza per invitarlo a disdire un incontro con i ministri fissato per la mattina successiva con questa gelida terrificante frase: "Non ci sarò, perché questa sera alle 22 sarò già morto!"

"Mi sa dire il nome del presidente?", chiese Bernie. "

Paul Berton.", rispose il tenente Wright. Quel nome non diceva niente a Bernie, che aveva solo 25 anni e che non poteva conoscere i nomi di tutti gli ex presidenti di Alexos, ma il suo compagno di viaggio Tibbs, più avanzato negli anni, all'udire quel nome, sobbalzò:

"Ma, se non ricordo male, è quel presidente che è morto mi pare nel 3180 proprio per un tumore allo stomaco! non ci capisco più niente!"

L'altro compagno di viaggio di Bernie, il prof. Mind, anche lui docente della Excel University, e che trent'anni prima aveva lavorato nello staff che progettava i motori ultrarelativistici, e che fino a quel momento era stato in silenzio ad ascoltare la narrazione del tenente, intervenne:

"Tenente, non si è più saputo nulla dei due piloti che hanno trasportato la salma del presidente Berton? mi piacerebbe incontrarli per rivolgere loro qualche domanda…"

Ma il tenente lo interruppe: "Si vede che la mia storia non la interessa: non è stato attento! Berton è arrivato su Burypolis vivo e vegeto, anche se un po' debilitato dallo stress del viaggio a velocità così sostenuta, e non già morto come sostiene lei!

Dei due piloti non ho più avuto notizie: però ho sentito dire che uno dei due, un certo Black, è stato licenziato qualche anno dopo dalla Compagnia Interspaziale per aver più volte superato i limiti di velocità durante i viaggi per il trasporto delle salme; anche il secondo pilota è stato licenziato, perché beveva troppo e non era più affidabile: pensi che ogni volta che viaggiava con Black sentiva rumori misteriosi provenire dalle bare e andava in giro a raccontare che li avevano chiusi nella cassa ancora vivi; si era anche fatto querelare dal primario di oncologia di un'ospedale di Alexos."

Mind scattò in piedi come una molla, esclamando: "Ho capito tutto, ma ho bisogno di conoscere ancora un particolare: è ancora in vita qualcuno di coloro che sono stati ritrovati al ritorno dal presidente dopo la rapina alla Eyesbank?"

"A parte il fatto che quello che vi ho raccontato è avvenuto circa 60 anni fa e che quindi non credo ci sia più alcun superstite, le debbo dire che hanno fatto quasi tutti una brutta fine: si sono suicidati, forse per la disperazione di dover vivere lontanissimi dalle loro famiglie o forse non avevano voglia di ricominciare una vita su un nuovo pianeta: molti di loro erano già vecchi. Però, aspetti, ora che ci penso, ci dev'essere ancora un vecchietto poco più che centenario, ma, anche ammesso che riusciamo a scovarlo, ricorderà ben poco di quei tempi.", rispose Wright e, afferrato il telefono sulla scrivania, si rivolse all'appuntato di turno al centralino: "George, chiamami per favore l'ufficio anagrafe e fatti dare l'indirizzo di Tom Nelson, quello di 105 anni: se per caso è ancora vivo, vedi di fissare un appuntamento per domattina."

Mind era decisamente fortunato, perché dopo pochi minuti George richiamò il tenente per comunicare che il vecchio Tom era ancora vivo e vegeto e li aspettava a casa sua alle 10 del giorno dopo. Si era ormai fatto tardi ed era difficile trovare un albergo per gli alexiani, perciò, molto gentilmente, il tenente diede disposizioni per farli sistemare in qualche modo in caserma.

L'indomani mattina i cinque compagni di viaggio, accompagnati dal tenente, si recarono in visita a Tom: era un simpatico vecchietto, ancora in gamba, nonostante avesse più di un secolo di vita, e fu in grado di rispondere con lucidità alle domande rivoltegli da Mind. In particolare, Mind insisteva sul viaggio su Burypolis: voleva sapere se ricordava qualcosa sulle modalità del viaggio, se era stato molto, anzi, troppo veloce, se ricordava l'aspetto fisico o il nome del pilota, ma Tom, pur avendo dato risposte esaurienti ad altre domande, non ricordava nulla del viaggio:

"Del viaggio non ricordo proprio nulla, come se avessi dormito a lungo. So solo che mi sono risvegliato e ho ritrovato alcuni amici che avevo conosciuto all'ospedale e che ci siamo chiesti quasi ridendo: "Cosa è successo? ci mandano dall'ospedale al cimitero senza nemmeno darci il tempo di morire!, sì, perché noi venivamo tutti dall'ospedale dove ormai ci avevano dati per spacciati, e invece pensate che, almeno io, sono ancora qui! Peccato che ne avrò ancora per poco!"

"Come fa a saperlo?", domandò Mind a Tom. "Io ho sempre saputo tutto del mio futuro e so anche che morirò a 106 anni, investito da una macchina, che mi spezzerà un femore: poi mi verrà un embolo e andrò all'altro mondo. Ma non posso lamentarmi: ho vissuto abbastanza, e bene!"

Mind ora era convinto di aver davvero capito tutto; salutarono il vecchietto, ringraziandolo per le informazioni ricevute e augurandogli altri cento anni di vita e si avviarono alla caserma. Durante il viaggio Mind spiegò la soluzione del mistero:

"Signori, ho capito come sono andate le cose: quanti di voi conoscono la relatività di Einstein?". Visto che nessuno rispose, proseguì:

"Bene, farò in modo di essere molto sintetico perché possiate capire bene tutto quello che devo raccontarvi. Einstein, tra le altre cose, con la sua teoria della relatività, scoprì che una persona che si muove con velocità molto alta, prossima a quella della luce nel vuoto, vede trascorrere il tempo più lentamente di una che sta ferma o che si muove più lentamente di lui: a questo proposito esiste il famoso paradosso dei gemelli: i due gemelli Peter e Paul, appena maggiorenni si separano; mentre Peter rimane sulla Terra, Paul decide di avventurarsi nello spazio a bordo di capsule spaziali che viaggiano con velocità molto vicine a quella della luce; dopo aver esplorato mezzo universo, decide finalmente di rientrare a Terra, dove si incontra con il gemello Peter; ma mentre per Paul sono passati tre anni, ed è ancora un giovanotto vispo e pimpante, per Peter ne sono passati 50 e la differenza di età tra i due si vede tutta: è il fenomeno chiamato dilatazione dei tempi."

"Beh, ma questo cosa c'entra col nostro caso?", lo

interruppe il tenente.

"Mi lasci continuare, la prego.", riprese Mind. "Io e altri scienziati abbiamo lavorato allo sviluppo dei motori ultrarelativistici e oggi sappiamo essere una realtà: i prototipi erano già in funzione ai tempi del presidente Berton; se un pilota viaggia a velocità superiore a quella della luce, il tempo non si limita ad accorciarsi, ma addirittura scorre all'indietro: è il fenomeno chiamato regressione temporale.

Ciò vuol dire che se un morto viene messo in moto a velocità superiore a quella della luce, per tutta la durata del viaggio il tempo per lui scorre all'indietro e al termine del viaggio si ritroverà vivo e l'età da cui ricomincia a vivere dipende da quanto a lungo il pilota ha mantenuto una velocità superiore a quella della luce. Se vi ricordate, il primo pilota è stato licenziato perché guidava le navicelle a velocità superiore ai limiti consentiti, che vuol dire superiore alla velocità della luce: quando tali limiti non venivano superati, le salme a bordo della navicella arrivavano ancora come tali su Burypolis, ma quando essi venivano superati, il tempo trascorreva all'indietro e i morti si ritrovavano vivi sul suolo del pianeta.

Nel caso di Tom, il primo pilota deve aver superato la velocità della luce di gran lunga e per quasi tutta la durata del viaggio per consentire a un uomo che aveva allora 106 anni, di ritornare in vita per altri 60 anni: ci credo che poi lo hanno licenziato! e lo stesso è avvenuto per il nostro presidente Berton. Quindi, niente esilio, niente deportazioni, ma solo funerali! I morti che viaggiavano ad alta velocità per la regressione temporale resuscitavano e, quel che è più interessante, dal momento in cui si fermava la navicella, riprendevano a vivere ripercorrendo tutte le vicende fino alla seconda morte: vi ricordate che Berton era morto di tumore allo stomaco su Alexos e morì ancora di tumore allo stomaco su Blindy? vi ricordate cosa ci ha appena detto Tom: che morirà tra un anno per un investimento cui seguirà la frattura del femore e un embolia?"

"Ma quello che non capisco è come facciano a saperlo!", intervenne Bernie.

"Oh, per questo è semplice: il cervello umano ha memorizzato tutto quanto accaduto fino alla prima morte: lo scorrimento del tempo all'indietro non modifica la memoria e quando la ex salma ricomincia a vivere, vede il suo futuro memorizzato nel proprio cervello e quindi sa anche a quale destino andrà incontro. L'unica zona cieca è l'intervallo di tempo in cui il viaggio è stato ultrarelativistico, infatti anche Tom non ricorda nulla. Sono stato chiaro?", terminò Mind.

"Chiarissimo!", fu il commento del tenente che aggiunse "tanto chiaro che ho capito un altro fatto: tutti quei misteriosi suicidi dei reduci di Burypolis; quei poveretti non hanno resistito alla conoscenza anticipata del loro futuro: probabilmente erano morti la prima volta di una morte orrenda tra indicibili sofferenze e il venire a conoscere che fine avrebbero dovuto fare li ha indotti al suicidio."

"Tutto sommato, hanno fatto bene: chissà che gli vada meglio la prossima volta quando si reincarneranno!", fu il commento di Bernie.

Sanatrix

In diversi Paesi del mondo civile è opinione diffusa che per i sofferenti di gravi forme di asma (cardiaca o bronchiale che essa sia) la panacea sia un breve viaggio in aereo in alta quota. Ho parlato di opinione, perché mi risulta, al contrario, che per i malati di polmoni sia vivamente sconsigliata l'alta montagna, tanto è vero che il famoso filosofo, fisico e matematico francese Blaise Pascal, pur avendo intuito fin dal 1640 che la pressione atmosferica diminuisce con la quota, fu vivamente sconsigliato dal suo medico di andare a eseguire una verifica sperimentale diretta della correttezza della sua ipotesi alla pur modesta quota di 1500 metri, sulla vetta del Puy de Dôme, nelle Alpi Francesi, perché sofferente, pare, di TBC.

Tuttavia, senza entrare nel merito di una questione medica, pare davvero che in molti casi i voli in aereo si siano rivelati una validissima terapìa per gravi affezioni asmatiche. Per questo motivo un gruppo di medici di Money City pensò opportunamente di fondare traendone i dovuti profitti una compagnia di viaggi sanitari, la Healthair, che, adeguatamente sponsorizzata da alti dirigenti del Ministero della Salute Pubblica, era arrivata addirittura a preparare un programma di viaggi organizzati per i sofferenti di asma, veri e propri voli charter a tariffa privilegiata della durata di circa dodici ore. Non ci si deve sorprendere di tale durata apparentemente limitata, pensando ai tempi di volo del 20° secolo, quando ci voleva una mezzoretta per il decollo, un'altra mezzoretta per l'atterraggio e quindi sarebbe rimasto sì e no qualche minuto per restare in quota, col rischio di dover rimborsare il biglietto ai passeggeri. Il fatto che qui riportiamo avvenne nel 2158, quando gli aerei, anche i più fatiscenti, erano dotati di motori quasi relativistici che potevano spingersi fino a 200000 chilometri al secondo, pari ai due terzi della velocità della luce; con tali mezzi a disposizione, in particolare con aerei a decollo verticale come quelli utilizzati dalla Health Air, l'aereo decollava in meno di dieci minuti e dopo pochi secondi era già dalle parti della Luna, dove rallentava per permettere ai pazienti di godere del famoso panorama dei crateri lunari, eseguiva una ventina di giri turistici attorno al nostro satellite naturale per poi accingersi a proseguire il viaggio fin dalle parti di Venere, la cui atmosfera, ricca di anidride solforosa, avrebbe costituito per i pazienti il toccasana finale per i loro bronchi; il tutto per una durata complessiva di circa 12 ore, quanto la durata di una di quelle gite dimostrative con offerta di cappuccino e brioche e pranzo al ristorante in cambio dell'acquisto di una batteria per cucina del valore di qualche milione, che tanto erano in voga negli anni alle soglie del 2000.

Il primo volo inaugurale fu fissato il 2 novembre 2158, alla presenza di plenipotenziari galattici: l'equipaggio era composto dal primo e secondo pilota, da quattro bellissime hostess, da quattro medici, due infermiere, dieci pazienti e una decina di parenti turisti-accompagnatori.

Dopo i convenevoli di rito, la cerimonia di inaugurazione e il saluto delle autorità, la partenza dell'aereo Sanatrix (questo il suo benaugurante nome) avvenne con estrema puntualità: tutto andò liscio anche perché il decollo verticale fu eseguito volutamente dal pilota senza brusche accelerazioni per evitare uno shock troppo violento ai malati. Dopo pochi minuti, raggiunta la quota di circa 100 km da Terra, venne azionato il motore relativistico e in pochi secondi Sanatrix si trovò al di fuori dell'atmosfera terrestre, dove, in attesa di raggiungere l'orbita di parcheggio lunare, i medici cominciarono a tener d'occhio gli strumenti ai quali avevano collegato i pazienti per controllare eventuali variazioni delle loro condizioni generali: si trattava di elettrocardiografi e di sfigmomanometri[1], mentre i termometri clinici erano ancora del tipo manuale. Con moderata soddisfazione dei medici di bordo, tutti azionisti della Health Air, si cominciavano a notare i primi segni di miglioramento, quale, per esempio, il rallentamento del battito cardiaco e il conseguente minor affanno respiratorio da parte degli asmatici.

Uno di loro, Dean, aveva raggiunto un tale stato di euforia da sentirsi autorizzato a rivolgersi al suo

---

1 *Strumenti per la misura della pressione sanguigna (N.d.A.)*

medico con queste parole: "Dottore, la ringrazio: sapesse come mi sento bene! ma allora è proprio vero che in alta quota l'asma scompare! perché non vengono sistemate piattaforme spaziali fisse sulle quali potremmo trasferirci noi asmatici per il resto dei nostri giorni?".

Il suo vicino Anthony lo interruppe: "Sei sempre il solito megalomane! che bisogno c'è di sprecare danaro pubblico per costruire piattaforme spaziali? basta trasferirci sulla superficie lunare e siamo a posto!", ma Dean, che evidentemente si era bene informato sulle caratteristiche del nostro satellite naturale, non lo lasciò finire: "Bravo furbo, così dovresti vivere permanentemente con le bombole di ossigeno sulle spalle: lo sai o no che sulla Luna non c'è atmosfera, quindi neanche ossigeno per respirare!"

Nel frattempo i medici avevano sistemato i lettini con una certa geometria per poter tener meglio d'occhio contemporaneamente sia gli strumenti che i pazienti: dei dieci pazienti, otto erano stati disposti sui loro lettini orientati perpendicolarmente alla carlinga dell'aereo, mentre gli altri due erano stati sistemati uno a ridosso della cabina di pilotaggio e l'altro a fianco del portellone che dava sul corridoio di coda, entrambi rivolti nel senso di volo. A un certo punto le due infermiere passarono a distribuire i termometri clinici per tener d'occhio la temperatura corporea : anche questo controllo dette esiti positivi: tutto secondo le regole.

Dopo qualche decina di minuti di volo, i più sensibili sentirono improvvisamente l'effetto di una brusca decelerazione e i più vicini alla cabina di pilotaggio udirono il primo pilota Joe imprecare : "Brutto deficiente! ma guarda se mi deve tagliare la strada in questo modo: a cosa serve tenere acceso il radar se poi non lo si guarda! lo sapete che abbiamo rischiato una collisione con un jet che volava trasversalmente poco più alto di noi se non frenavo bruscamente? meno male che me ne sono accorto in tempo!"

Passato lo spavento, uno dei medici, Mark Brian, che era anche il responsabile sanitario del volo, ebbe uno scatto improvviso in avanti verso gli strumenti, esclamando, rivolto ai colleghi: "Guardate! le condizioni cardiache sono peggiorate improvvisamente per tutti quanti! Sarà stato lo spavento provato per la comunicazione del primo pilota dello scampato incidente; bisogna raccomandargli di tener per se certe notizie se dovesse ripetersi un altro evento del genere!"

Ma il collega Stefan Dirk non appariva convinto: "Scusa, Mark, potrei darti ragione se la cosa si fosse verificata per qualcuno dei dieci, ma alcuni di loro stavano dormendo e la loro improvvisa tachicardia non può essere attribuita allo spavento, dal momento che non hanno neppure sentito la comunicazione del pilota!"

"Forse hai ragione, Stefan! che sia qualche reazione secondaria prodotta dalla eccessiva velocità? non dimentichiamoci che gli astronauti alla partenza da Terra vengono sempre fatti distendere orizzontalmente sulle loro cuccette in modo da evitare uno sbalzo di pressione enorme tra il capo e gli arti inferiori; è vero che abbiamo preso anche noi la stessa precauzione, ma forse stiamo andando un pò troppo veloci"commentò Brian e si incamminò verso la cabina di pilotaggio invitando il primo pilota a rallentare perché c'era qualche problema con i pazienti. La risposta di Joe fu laconica: "Mi dispiace, dottor Brian, ma devo rispettare i tempi, altrimenti quelli della Health Air mi licenziano in tronco: pensi che, come rientro, mi aspettano altri tre voli consecutivi!"

Brian insistette: "In fondo è il primo volo e capiranno anche loro che può manifestarsi qualche inconveniente. Dopotutto non è un giro turistico il nostro e se in gioco c'è la salute di qualcuno se ne deve tener conto!"

Joe ridusse di malavoglia la velocità, ma gli strumenti continuavano a dare segnali preoccupanti: pareva che, nonostante si fosse già raggiunta la quota di 100000 chilometri da Terra, non vi fosse più alcun benefico effetto per i pazienti: il loro respiro era ritornato affannoso come a Terra. Dopo pochi minuti, si affacciò alla porta della cabina il secondo pilota comunicando che Joe doveva accelerare nuovamente perché aveva già perso troppo tempo. Abbastanza stranamente, nella brusca accelerazione che seguì, nessuno dei pazienti mostrò alcun segno di sofferenza; in pochi secondi l'aereo si portò a quota 300000 chilometri: avrebbe mantenuto la stessa velocità per qualche minuto, quindi si sarebbe portato in assetto di volo orizzontale per raggiungere l'orbita lunare.

Brian ritornò vicino agli strumenti ed ebbe un nuovo sussulto, ma questa volta di gioia: "Ehi, colleghi, venite a vedere! ora va tutto bene: guardate come respirano bene i nostri pazienti. Non capisco che cosa possa essere cambiato improvvisamente!"

Dirk avanzò l'ipotesi che fosse stata qualche strana interferenza di campi gravitazionali a provocare la crisi di poco prima, magari qualche meteorite passato nelle vicinanze a loro insaputa, ma uno dei pazienti, un uomo dalla pelle olivastra che denotava evidenti origini indiane, Karim, che aveva ascoltato attentamente il dialogo tra i due medici, interruppe le loro congetture osservando: "Scusatemi se mi intrometto nel discorso tra due professionisti, ma secondo me il nostro miglioramento è stato e sarà temporaneo e non ha nulla a che fare con la quota...".

I due medici si inalberarono e Brian impedì al paziente di continuare redarguendolo aspramente : "Se non aveva fiducia in questa terapia poteva restarsene a Terra! Figuriamoci se ora dobbiamo stare a sentire tutte le più strane interpretazioni di quanto è successo! Al nostro rientro alla base presenteremo un dettagliato rapporto ai nostri superiori della Divisione Cardiologica e se ne parlerà nella sede opportuna, non certo qui!"

Karim, educatamente, accettò il poco garbato commento di Brian e non disse altro, ma fu in sua vece un altro paziente che aveva ascoltato attentamente il vivace scambio, Pat, a intervenire: "Mi dispiace, caro dottor Brian, ma le devo dire che lei è un gran maleducato ed è la prima e ultima volta che farò un viaggio del genere se ci sarà lei tra i medici di bordo: abbiamo solo il dovere di pagare le vostre salatissime tariffe per rigonfiare i vostri portafogli o anche il diritto di dire il nostro parere quando se ne presenta l'occasione?"

Dirk e gli altri due medici intervennero rispondendo al posto di Brian che era rimasto ammutolito di fronte alla decisa reazione di Pat: "Dovete scusarlo, è per tutti il primo viaggio del genere; provate a mettervi nei suoi panni: dopotutto è il responsabile sanitario del viaggio e dovete capire la sua reazione davanti a una situazione che fino a poco fa non appariva rosea. Ma ora è tutto chiarito!" e, rivolto verso le avvenenti hostess : "Coraggio, ora tocca a voi intrattenere i pazienti, almeno fin quando arriveremo attorno alla Luna. Portate qualche dolce e brindiamo alla felice conclusione e anche tanta musica!"

L'ambiente si rasserenò e il viaggio proseguì quasi in allegria, anche perché la situazione sanitaria dei pazienti continuava a mantenersi buona.

Nel frattempo Pat, fortemente incuriosito dalle parole pronunciate poc'anzi da Karim, gli rivolse la parola, questa volta sottovoce per non scatenare un altro putiferio, domandandogli:

"Mi scusi, vorrebbe cortesemente spiegarmi che cosa intendeva dire prima, quando ha affermato che il nostro miglioramento non è dovuto alla quota? E se lei sapeva che non sarebbe servito a niente, perché ha speso tutto quello che ci è costato per fare questo viaggio? Esiste forse, secondo lei, qualche migliore soluzione terrestre per la cura dell'asma?"

Karim lo fissò un attimo con ironia prima di rispondere: "Le premetto che non sono un malato di asma e ho partecipato a questo viaggio per altri motivi che prima di ritornare a Terra le dirò, non ora perché sono sicuro, avendo visto la sua incontrollata reazione di poc'anzi, che sarebbe capace di scatenare un altro pandemonio."

Ma Pat non demordeva e continuò: "Ho capito, forse lei fa parte della commissione di controllo sulle attività della Health Air, che ha già destato qualche sospetto sulla legalità delle sue iniziative. Se è così, me lo può dire tranquillamente: sarò muto come un pesce."

Ma Karim chiuse temporaneamente il discorso:

"Mi pare di averle detto chiaramente che lo saprà al momento opportuno, ma , per sua tranquillità, le posso anticipare che non è come pensa lei. Io ho vissuto a lungo in uno sperduto villaggio nelle vicinanze di Katmandu e ho conosciuto alcuni eremiti che mi hanno trasmesso le loro capacità divinatorie. Ho semplicemente voluto provare se anch'io sono capace di prevedere il futuro. Ma ora basta, per favore, perché ho notato che ci stanno osservando."

Poco dopo, mentre il viaggio proseguiva regolarmente a poco più di un'ora dalla partenza, Pat si rivolse nuovamente a Karim: "Senta, Karim, sono troppo impaziente di conoscere almeno se, secondo le sue previsioni, ci capiterà qualcosa di grave: non voglio sapere altro, ma almeno abbia la gentilezza di dirmi questo. Non mi interessa altro, almeno fino a quando non deciderà lei di rivelare a me o meglio a tutti gli altri, come ha avuto l'ispirazione."

Karim accondiscese ad anticipargli qualcosa: "Le dirò solo quello che secondo me accadrà; la tranquillizzo subito: nulla di grave per nessuno. Non appena entreremo in orbita di parcheggio attorno alla Luna ci sarà di nuovo una crisi respiratoria per tutti, badi bene ho detto "tutti"! Poi, quando ripartiremo verso Venere, mettendoci in assetto di volo orizzontale, alcuni pazienti mostreranno evidenti segni di ipotermia, cioè un repentino abbassamento della loro temperatura corporea, ma anche questo disturbo passerà in fretta, se i medici li faranno alzare dal loro lettino. In seguito, non appena staremo per entrare nell'atmosfera di Venere, altra crisi respiratoria generale, che però cesserà quando le pompe di bordo aspireranno dall'atmosfera vapori di zolfo. E più o meno avverranno le stesse cose durante il viaggio di ritorno. Adesso, però, non mi chieda altro."

Proprio in quel momento il secondo pilota si affacciò sulla porta della cabina di pilotaggio avvertendo che l'aereo stava per mettersi in orbita lunare e consigliando a tutti di ammirare dagli oblò il panorama sottostante: avrebbero visto scorrere lentamente sotto di loro i grandi mari lunari, il Mare della Tranquillità, il Mare della Fecondità, quello della Serenità, i vari vulcani con i rispettivi crateri Galileo, Copernico ecc. e il solito Anthony, che evidentemente era molto poco informato sulla Luna, uscì con una delle sue battute: "Ma allora se ci sono i mari c'è acqua! perché ci hanno raccontato che sulla Luna non c'è acqua?...", ma anche questa volta venne interrotto da Dean che gli fece notare che si chiamano mari solo perché, osservati col telescopio fin dai tempi di Galileo sembravano mari, pur essendo invece solo deserti di polvere.

L'aereo aveva rallentato entrando in orbita lunare e tutti quanti, meno, fortunatamente, i due piloti, si affollavano agli oblò per osservare la sottostante superficie lunare; in effetti era piuttosto monotona, brulla e scabra e non offriva nulla di particolare, anche se le locandine turistiche distribuite ai viaggiatori si esprimevano in termini diversi, esaltando gli splendidi colori delle rocce lunari e i variopinti chiaroscuri delle ombre dei vulcani. A un tratto, una delle infermiere, Katy, lasciata a controllare gli strumenti, richiamò l'attenzione di Brian: "Dottore, ci risiamo! i ritmi cardiaci stanno nuovamente accelerando e la respirazione dei pazienti si sta facendo nuovamente affannosa."

Pat guardò Karim ansimando faticosamente: "Mi pare che i suoi santoni indiani le abbiano insegnato bene il mestiere: ha indovinato esattamente anche questo evento!" e Karim, di rimando, ostentando la massima sicurezza: "Lei direbbe mai al suo medico che ha indovinato la diagnosi? o non sarebbe meglio dirgli che è un grande luminare e che conosce a fondo la medicina? lo stesso vale per me: non ho indovinato, ma mi sono solo limitato ad applicare correttamente le mie conoscenze. Ma il più bello deve ancora venire!"

Visto il perdurare della critica situazione respiratoria, Brian, dopo un rapido consulto con gli altri medici, fece sospendere il giro turistico attorno alla Luna, ordinando ai piloti di proseguire immediatamente verso Venere, dove l'atmosfera solforosa avrebbe probabilmente alleviato i loro disturbi; le infermiere e le hostess aiutarono i pazienti a prendere posto nei loro lettini, perché, a causa della forte accelerazione prevista per la partenza, si volevano evitare indesiderabili effetti di bruschi rialzi di pressione e tutti quanti obbedirono senza nulla eccepire. Nessun problema nella fase iniziale, ma, poco dopo, quando le infermiere passarono per il consueto controllo delle temperature corporee, una nuova sorpresa attendeva i medici: mentre per i due pazienti distesi trasversalmente alla direzione di moto dell'aereo tutto era regolare, alcuni dei pazienti sistemati sui lati della carlinga mostravano un forte abbassamento di temperatura: addirittura,tra i 34,2 e i 33,5 °C[2]. La cosa preoccupò non poco i medici che temevano un collasso cardiocircolatorio generale e cominciavano a dare chiari segni di inquietudine; Brian, convocati i colleghi e le infermiere nel corridoio di coda, propose addirittura l'immediato rientro a Terra: "Evidentemente, cari colleghi, abbiamo sottovalutato qualche fattore di rischio in un volo di questo genere e non ritengo corretto rischiare la vita dei nostri pazienti: mi dispiace perché sono sicuro che troveremo a Terra i soliti falchi che non ci risparmieranno feroci critiche , anche a scapito della sopravvivenza della nostra compagnia, ma non credo si possa fare diversamente. Abbiamo delle precise responsabilità morali.".

Dirk si ricordò del vivace battibecco con Karim e suggerì di sentire l'indiano prima di decidere: "Mi sembrava molto sicuro del fatto suo; sentiamo al-

---

2 *Da leggersi gradi Celsius e non gradi centigradi, in quanto sia la scala Celsius - quella dei termometri clinici – sia la scala Kelvin - quella che parte dallo zero assoluto a -273 gradi sotto zero, sono scale centigrade. (N.d.A.)*

meno che cosa voleva dire: può darsi che si tratti di qualcosa di importante che non ha nulla a che vedere con la medicina." Brian dovette arrendersi alla proposta fatta immediatamente propria anche dagli altri due medici e accettò non senza una certa riluttanza di parlare con Karim, aggiungendo, rivolto a Dirk : "Però gli parlerai tu, Stefan, perché a me non credo che rivolgerebbe più la parola."

Dirk si avvicinò a Karim con decisione: "Potremmo tornare un attimo sull'argomento di poco fa, signor Karim? Vorrebbe essere così cortese da precisare che cosa intendeva dire? la prego di dimenticare qualsiasi rancore nei nostri riguardi: come avrà capito, la situazione si è fatta seria, quindi, se lei ha qualche informazione che potremmo utilizzare a beneficio di tutto il gruppo, la prego di rendercene edotti e le saremo tutti grati!".

Karim non si fece pregare e tranquillizzò Dirk : "Dottore, le posso solo dire che anche questo fenomeno di ipotermia collettiva non ha nulla a che vedere con la quota né con l'asma, tanto è vero che anch'io che non ho mai sofferto di asma in vita mia, ho misurato 34°C: era tutto previsto!"

Stefan impallidì: "Come era tutto previsto? e poi, per quale motivo è salito a bordo se non è anche lei un asmatico? si spieghi meglio!"

Il solito Anthony, seduto vicino a Karim e che teneva sempre le orecchie ben aperte e aveva ovviamente sentito tutto, intervenne: "Dottore, se mi permette credo di poterglielo spiegare io: i pazienti distesi lungo la carlinga sono a contatto con la parete esterna e quindi sentono maggiormente la bassa temperatura esterna all'aereo: è per questo che alcuni di noi, più cagionevoli di salute, si sono raffreddati! Quegli altri due sono a contatto con pareti divisorie interne e quindi non si sono raffreddati: tutto qui!"

Dirk parve quasi soddisfatto della risposta di Anthony, ritenendola plausibile, ma si rivolse ancora a Karim: "Era questa la sua spiegazione? e poi sono ancora in attesa di sapere cosa ci fa a bordo di questo aereo: il nostro non è un volo turistico!"

Karim gli rispose con molta calma: "Per quanto riguarda la mia presenza, sono salito a bordo per curiosità, dopotutto ci sono altri che sono qui come accompagnatori e nessuno mi ha detto che era vietato! per quanto riguarda invece la spiegazione di Anthony, non sono d'accordo!"

Dirk ritornò verso i tre colleghi riferendo le parole di Karim e aggiungendo: "C'è qualcosa che ci vuole nascondere, ma non ho la minima idea di cosa possa trattarsi. Comunque, è il caso di fidarci di lui e di proseguire verso Venere: mi pare troppo sicuro del fatto suo." Dopo un' animata discussione venne messo ai voti il da farsi: alla votazione parteciparono democraticamente anche le due infermiere e l'esito fu che il volo doveva continuare.

Intanto Pat si rivolse nuovamente a Karim, dicendo: "Complimenti! e due! vedo che non sbaglia un colpo! appena ho visto che anche la mia temperatura si è abbassata, mi sono ricordato di quanto mi aveva anticipato poco fa e mi sono alzato: lo sa che in pochi secondi è tornata ai miei valori normali? perché non suggerisce ai medici di far alzare anche gli altri pazienti? sono curioso di vedere come reagiranno quando vedranno ritornare alla normalità le loro temperature corporee!"

Karim lo guardò con aria di sufficienza e commentò :" Lei è un sadico: si diverte a vedere la gente in difficoltà! Le ripeto che non sono uno stregone e che quindi non mi fa né caldo né freddo la reazione degli altri nel vedere azzeccate le mie previsioni! Lasciamo perdere, per favore!"

Ma Pat era testardo: lasciò passare qualche minuto in silenzio, poi si alzò, e, fingendo di andare a chiedere qualcosa a una delle hostess, passò vicino a Dirk e gli suggerì sottovoce: "Dottore, vuole un consiglio? faccia alzare tutti i pazienti sdraiati a ridosso della carlinga e dopo qualche minuto faccia rimisurare le loro temperature, poi mi farà sapere qualcosa!"

Stefan lo guardò con aria dubbiosa, quindi, senza proferire parola, raggiunse Brian e riferì il suggerimento di Pat: la risposta di Brian fu secca: "Siamo proprio scesi a livello di sciamani[3]: ci manca solo

---

3 *Sorta di stregoni asiatici dotati di particolari proprietà divinatorie (N.d.A.)*

una danza propiziatrice e di colpo guariranno tutti! non se ne parla nemmeno!"

Il viaggio continuava: la situazione sanitaria a bordo di Sanatrix si era stabilizzata con la temperatura corporea su valori bassi, mentre anche il ritmo cardiaco si manteneva su valori sufficientemente bassi, consentendo una più leggera respirazione ai pazienti.

Ormai mancavano pochi minuti all'arrivo su Venere e il pilota, come al solito, avvertì via radio che di lì a poco Sanatrix sarebbe entrato in fase di decelerazione per mettersi in orbita stabile attorno al pianeta.

Tutte le operazioni si svolsero con la massima regolarità, ma i controlli medici effettuati pochi minuti dopo dai sanitari di bordo presentavano risultati contraddittori: mentre la temperatura corporea era risalita ai valori normali, si era decisamente alterato il ritmo cardiaco, diventato nuovamente tachicardico. I medici si riunirono nuovamente a consulto, ma nessuno di loro riuscì a capire nulla di quanto si ripeteva periodicamente fin dalla partenza da Terra. Dirk propose di immettere i vapori solforosi dell'atmosfera di Venere per alleviare le difficoltà respiratorie dei pazienti, ma questa volta, inaspettatamente, fu Brian ad avanzare una proposta che sorprese tutti gli altri: "Chiamatemi quel Karim! voglio sentire fino in fondo la sua interpretazione dei fatti! comincio davvero a credere anch'io che la medicina non c'entri più niente!"

Quando Karim si presentò a Dirk, questi lo apostrofò così: "E allora, vuol essere così gentile da spiegarci che cosa intendeva dire quando ha affermato che i vari effetti verificatisi durante questo viaggio non hanno nulla a che vedere con la quota? e poi, perché ha suggerito di far alzare tutti i pazienti dai loro lettini per eliminare la loro ipotermia?"

Con molta calma, Karim rispose: "Lei non meriterebbe una mia risposta, perché quando all'inizio del viaggio le stavo spiegando la mia interpretazione dei fatti, mi ha impedito di parlare; tuttavia, dal momento che la cosa riguarda tante altre persone, credo sia mio preciso dovere spiegare tutto, almeno tutto quello che credo di sapere sull'argomento.

Come stavo raccontando poco fa a Pat, ho vissuto molti anni a Katmandu, affascinato dal buddismo, al quale mi sono convertito: sono diventato amico di molti monaci e santoni, dai quali, una volta entrato in confidenza, sono riuscito ad avere molte informazioni sulle conoscenze scientifiche non tanto dell'era moderna quanto dell'antichità. In particolare, tra le mille cose che ho saputo, una mi ha colpito, una teoria scientifica di un antico filosofo nepalese, un certo Trabel Seniteni. Le mie conoscenze scientifiche purtroppo non sono sufficientemente approfondite , quindi non sono assolutamente in grado di valutare l'attendibilità di tale teoria, né di stabilire se essa rientra in qualche modo nelle teorie scientifiche dell'era moderna; tuttavia, essa mi ha affascinato a tal punto che ho voluto sperimentarla personalmente partecipando a questo volo…"

Brian, che stava dando evidenti segni di impazienza, lo interruppe: "Le sarei grato se riuscisse a finire il suo intervento prima del rientro a Terra. Veda di eliminare troppi preliminari!"

Ma Karim, imperturbabile, continuò: "Caro dottore, la filosofia orientale mi ha insegnato che una delle qualità indispensabili all'uomo per saper trasmettere le conoscenze è la chiarezza e questa si può raggiungere soltanto attraverso una calma e serena esposizione dei fatti. Comunque, ho quasi finito." E riprese subito: "In tale teoria, che le riassumo per sommi capi, si parlava di misteriosi draghi volanti a cavallo dei quali si potevano manifestare fenomeni che mai e poi mai si sarebbero potuti osservare sulla Terra: in particolare, stando a cavallo del drago, se si tiene in mano un oggetto, la spaventosa pressione dell'aria dovuta alla alta velocità lo comprime e lo fa accorciare; non solo, ma, sempre per la grande velocità del drago, anche la sabbia della clessidra (l'orologio degli antichi) viene frenata nella caduta e il tempo ci pare scorrere più lentamente. In conclusione, stando a cavallo del drago, i corpi si accorciano e i tempi si allungano. Bene, io ho pensato che a bordo di un aereo veloce come Sanatrix - una sorta di drago volante dell'era moderna- si sarebbero potuti sperimentare tali effetti, e in realtà si sono visti.

Infatti, se ricorda, subito dopo la partenza, non appena Sanatrix ha raggiunto la velocità di crociera, molto alta, tutti i pazienti hanno cominciato a respirare meglio, perché il loro cuore ha cominciato a battere più lentamente e il respiro si è fatto meno affannoso; ma avrà anche notato che in tre occasioni, quando abbiamo dovuto rallentare prima per evitare l'incidente aereo e poi per entrare in orbita di parcheggio attorno alla Luna e infine quando siamo entrati nell'atmosfera di Venere, i nostri pazienti sono tornati nelle condizioni fisiche di partenza, il loro cuore è tornato tachicardico e il respiro nuovamente affannoso. Ne è convinto?"

Brian, che aveva ascoltato fino a quel punto con estremo interesse, lo interruppe: "La spiegazione potrebbe essere plausibile, ma non vedo come possa tale teoria giustificare l'ipotermia che ha colpito solo alcuni pazienti."

La teoria spiega anche questo: infatti, come ha fatto notare giustamente, solo alcuni pazienti hanno presentato ipotermia, ma quali? Ha fatto caso che si trattava solo di alcuni tra quelli sdraiati nei loro lettini a fianco della carlinga? e che i lettini erano disposti perpendicolarmente alla carlinga stessa? quando hanno introdotto i termometri clinici sotto l'ascella, i termometri venivano a trovarsi nella direzione di moto, però qualcuno l'ha inserito sotto l'ascella destra, qualcun altro sotto la sinistra, non solo, ma chi era sdraiato sul lato destro della carlinga e aveva messo il termometro a destra veniva a trovarsi nella stessa situazione di chi, invece, sdraiato a sinistra, lo aveva messo sotto l'ascella sinistra. Non mi guardi male: il mio non è un gioco di parole! Stavo dicendo che per alcuni la colonnina di mercurio era rivolta nella direzione di volo e quindi, per effetto della compressione dell'aria, si è accorciata, ed ecco l'apparente ipotermia. Per gli altri era invece rivolto nella direzione di volo il bulbo del termometro e questo ovviamente non poteva avere alcun effetto sulla lunghezza della colonnina."

I quattro medici si guardarono esterrefatti, non tanto per la spiegazione scientifica del fenomeno, apparentemente plausibile anche se al di fuori della loro mentalità scientifica, quanto perché ciò voleva dire il fallimento della loro società. Mentre si ritiravano in fondo al corridoio per scambiarsi le loro opinioni in merito e decidere cosa fare, uno dei pazienti, Albert, si avvicinò a Karim e gli disse: "Allora, secondo lei, mio nonno ha copiato tutto dagli antichi nepalesi?"

Karim lo guardò meravigliato: "Cosa intende dire? cosa c'entra suo nonno?" e Albert, di rimando: "Il caso vuole che mio nonno fosse Albert Einstein e che la sua teoria della relatività prevedesse le stesse cose della sua teoria del drago volante, ovvero la contrazione delle lunghezze e la dilatazione dei tempi! tuttavia, lei sarà riuscito a convincere i medici, che di fisica ne masticano poca, ma le devo far notare che ha preso un colossale abbaglio!"

"A quale proposito?", domandò Karim, allarmato.
"Quando ha cercato di spiegare perché la colonnina di mercurio si era accorciata non ha tenuto conto che la teoria della relatività prevede un accorciamento di tutti gli oggetti lungo la direzione di moto, quindi anche il vetro del termometro e la graduazione incisa su esso si accorciano nella stessa misura e pertanto non possiamo osservare alcuna diminuzione di temperatura!"

Mentre Karim, perplesso, si grattava la testa, l'altoparlante annunciava ai pazienti di tenersi pronti con i respiratori perché da lì a poco sarebbero stati immessi i vapori di zolfo dell'atmosfera di Venere. Ma, allora, non sarebbe stato più economico portarli tutti quanti nello Yellowstone o alle solfatare di Pozzuoli?

Michelangelo Fazio

(1936 - 2015)

Ha svolto 40 anni di ricerca pura e applicata alla Fisica pubblicando una ventina di articoli. Ha scritto circa 40 testi di Fisica Generale e Nucleare.

È stato docente di Fisica alla Statale di Milano.

Unico in Europa, è opera sua il Manuale delle Unità di Misura. Ha scritto la Storia della Fisica illustrata attraverso i francobolli.

Ha tradotto Biografia della Fisica di G.Gamow, oltre a una decina di altre opere di Fisica Generale.

Si è occupato di Risonanza Magnetica Nucleare presso l'Ospedale Niguarda di Milano e ha svolto ricerca di Fisica Nucleare presso il Dipartimento di Fisica dell'Università di Milano.

Oltre ai testi scientifici, ha pubblicato racconti e romanzi dove la scienza è a volte protagonista, altre del tutto assente.